幸せのありか

渡辺和子

PHP文庫

○本表紙図柄＝ロゼッタ・ストーン（大英博物館蔵）
○本表紙デザイン＋紋章＝上田晃郷

はじめに

幸せのありかを求めて遠くまで探しに行き、見出《みいだ》せなかった人々の話は、古くから語り継がれています。それほどに、私たち一人ひとりが求めているのは〝幸せ〟という言葉が表す満ち足りた心、心の平安、不安のない平穏な生活なのでしょう。

「暗いと不平を言うよりも、すすんであかりをつけましょう」。これは、心のともしび運動の標語ですが、幸せのありかを示すものでもあります。暗いと思ったら、不平不満を言うよりも、自分が立って行って、あかりをつける人になること、かくて自分も幸せに、他人も幸せにすることができるのです。

幸せは、「良いものに取り囲まれた状態」だと、私は思っています。すべてに感謝する心、苦しいこと、不幸としか思えないものにも、意味を見出し、次へのステップにつなげてゆく時、〝おかげさまで〟と言える自分に変わってゆき、幸せな自分になってゆきます。

幸せは、探しに行って見つけるものではなく、私の心が決めるもの、私とともにあるものなのです。

過去四年間に書いた数々の依頼原稿を、整理して出版してくださったPHP研究所の森知さおりさんに感謝しています。

二〇〇九年五月十五日

渡辺和子

幸せのありか

目次

第1章　現代の忘れもの

第2章　愛のある人に

第3章　生きる喜び

第4章　人を育てるということ

第5章　神の愛に包まれて

本文イラスト・山口みれい

第1章

現代の忘れもの

三つの化粧品

女子大生たちと、かれこれ四十年余りかかわっていますが、入学当初は、高校生時代には許されなかった顔の化粧、おしゃれに余念のない人たちもいます。その人たちに話すのが『泥かぶら』の話です。

この劇は、眞山美保《まやまみほ》さんが今から数十年前に創作したものです。その当時、戦後の日本は荒廃していましたが、作者は、「人の心の中には、必ず豊かなもの、美しいものを求める願いがある」との信念のもとに、この作品を書いたと言われます。〝きれい〟にはなれなかったけれども、〝美しくなった〟女の子の物語です。

あるところに、一人の醜い女の子がおりました。〝蕪《かぶら》〟のような顔の造作で薄汚く、両親もないこの子は、村の悪童たちから〝泥かぶら〟とはやされ、いじめられ、それに腹を立てて立ち向かい、顔は醜くなる一方でした。

そんなある日、一人の旅のおじいさんが通りかかり、暴れている泥かぶらに言いました。

「そんなに口惜《くや》しいのなら、おじいさんの言うことを、来る日も来る日も守ってごらん。きっと、村一番の美人になるよ。それは、

いつも　にっこり笑うこと

ひとの身になって思うこと

自分の顔を恥じないこと」

そう言い置いて村を去ってゆくおじいさん。その日から、美人になりたい一心で、泥かぶらの自分自身との闘いが始まるのです。

はやし立てる悪童たちに投げつけようとした石を、「いつもにっこり笑うこと」と呟《つぶや》いて、ポロリと落とす泥かぶら。自分に辛《つら》く当たった夫婦だったのに、病気に必要な薬草が、険《けわ》しい崖《がけ》の上にしかないと知って、「ひとの身になって思うこと」と呟いて、代わりに取ってきてやる泥かぶら。他の娘たちと自分を比べて劣等感のかたまりだったのが、「自分の顔を恥じないこと」と呟いて、小高い丘の上で晴ればれと、「泥かぶらは、泥かぶら」と、笑顔で叫ぶ泥

かぶら。

彼女の闘う相手は、いつしか村の悪童たちではなく、自分自身に変わってきていました。そして、何を言われてもニコニコしている泥かぶら、喜んでお使いをし、子守りをする泥かぶらは、いつしか村の人気者となり、村の人々に愛される女の子になっていたのです。

ある日のこと、その村に一人の人買いがやって来て、借金のかたに、村一番の器量よしの娘を連れて行こうとします。泣いていやがる娘と、泣いて詫《わ》びる親の姿を見た泥かぶらは、進み出て言います。

「おじさん。私には親も兄弟もいないんだから、私を代わりに連れてって」

多分、人買いは、割りに合わない取り引きと思ったことでしょう。でも渋々、泥かぶらを連れて行きます。そして道すがら泥かぶらは、自分の行く手に待ち受けている運命も知らぬ気《げ》に、村での楽しかった生活、かわいい子どもたちの話を明るく語り、人買いの肩を揉《も》んでやったり、食物を調《ととの》えてやったりするのでした。

泥かぶらの笑顔と優しさ、その信じ切った姿に、人買いの心はいつしか動かされてゆきます。

ある朝、泥かぶらが目を覚ますと、人買いの姿はなく、そこには一通の書き置きが残されていました。その紙には、「ありがとう。ほとけのように美しい子よ」と書かれてあったのです。

泥かぶらは、結局〝きれい〟にはなりませんでしたが、〝美しく〟なれたのです。おじいさんの言葉通り、村一番の美人になったのでした。

〝きれいさ〟と〝美しさ〟とは違います。お金を使って高級な化粧品をつけたり、エステに通ったり、整形手術をしたりすれば、ある程度、きれいになることは可能でしょう。しかし、美しさは、お金で買えないものなのです。それは、人間の内からの輝きであって、人が、自分自身の本能、欲求などと闘う時にのみ得られる輝きなのです。

腹立たしいこと、言い返したいことがあっても、グッと我慢して、にっこりほほえむこと。相手の出方に左右されたり、振りまわされたりしないで、相手の身になって、思いやること。自分を他人と比較せず、自分のかけがえなさに気付いて、「私は私、ひとはひと」と割り切る勇気と健気《けなげ》さ。これらは、どれ一つ取っても易《やさ》しいものではありません。

私たちは果たして、きれいになるために使っている時間と心づかいを、美しくなるために使っているでしょうか。「顔の造作は親の責任。顔の表情は本人の責任」なのです。

「いつもにっこり笑うこと、ひとの身になって思うこと、自分の顔を恥じないこと」。化粧に余念ない学生たちの中で、きょうも私は、泥かぶらを美しくした三つの化粧品の販売にいそしんでいます。

いつもにっこり笑う、
ひとの身になって思う、
自分の顔を恥じない

きれいさはお金で買えるが、美しさはお金では買えない。
美しさは、自分の欲求や劣等感と闘う中で磨かれる。

見極める

変えられるものと変えられないもの

私には三十代の頃に出会って以来、心の支えとなっている言葉があります。それは、神学者のラインホールド・ニーバーの祈りの言葉です。原文は英語ですが、私は次のように訳しました。

主よ、変えられないものを
受け入れる心の静けさと
変えられるものを
変える勇気と
その両者を見分ける
英知を与え給《たま》え

私たちが遭遇するいろいろな迷いや悩みの中には、どんなに苦しみ、嘆《なげ》き悲しんでも変えられないものと、勇気を持てば変えられるものとがあります。大切なのは、何が変えられないことで何が変えられることなのかを見極める英知です。

私がこの祈りの言葉の意味を切実に感じたのは、岡山にあるノートルダム清心女子大学の学長に任命された時のことです。それまで学長をされていたのは七十代で経験豊富なアメリカ人のシスターでしたが、当時の私は三十六歳で、修道女としての経験も浅かったのです。そのうえ私はその学校の卒業生でもなく、しかも東京育ちだったために大学のことも岡山のこともよくわからないという状態でした。

ですから学長をお引き受けしたものの、私は自分の置かれた立場に戸惑《とまど》い、次第に自分ひとりがよそ者であるかのような疎外感《そがいかん》を感じるようになりました。そして先ほどのニーバーの言葉を借りれば、「何を受け入れ、何を変えたらいいのだろう」と悩む日々が続いていたのです。

そんな時、私にヒントを与えてくださったのが、ある神父さまの「あなたが変わらなければ何も変わらないよ」という一言でした。

それまでの私は、「誰もほめてくれない」「誰も大切にしてくれない」と嘆いてばかりの「くれない族」でした。つまり、自分ではなく、相手の態度が変わることを求めていたのです。しかしそれではいつまでたっても何も変わりません。それればかりか、いつまでも相手を責め続けることになってしまいます。

確かに「未熟であること」や「よそ者であること」は変えられないことです。けれども、私の「考え方」を変えることはできます。神父さまの言葉を聞いてそう気がついた私は、自分の態度を変えることに力を注ぎました。すると、自然とまわりの対応も変わりはじめたのです。

私からあいさつをすると、学生たちも気持ちよくあいさつを返してくれる。私の方から教職員に「ありがとう」と言うと素直な気持ちで答えてくれる。そうやって、だんだんとお互いを認め合うことができるようになりました。

大切なのは相手を変えようとするのではなく、まず、自分を変えていくこと。そのためには、自分自身との闘いが必要です。でも、自分との闘いなしに、人間は幸せになることはできないのです。

　さて、その後も私は「これは変えるべきか、変えないでおくべきか」と悩むことがたびたびありました。この判断は本当にむずかしいことです。場合によっては、自分を変えるのではなく、相手を変えなければならないこともあります。私はさまざまな経験から、それを見極めるためには「醒《さ》めた目と温かい心」が必要なのではないかと思うようになりました。

「醒めた目」とは、ものごとを客観的に見る目のことです。感情的になっていたのでは、自分の価値観でしかものごとが見えなくなることもあるでしょう。ですから、本質を見極める冷静なまなざしが必要です。けれども、だからといって自分だけを責め続けたり、あるいは相手を断罪してはいけない。そこで、お互いの弱さを認める「温かい心」も必要なのです。大切なのはこの二つの間のバランスです。

　例えば、誰かが間違ったことをした時に、間違いそのものに対しては醒めた目で、「間違っています」と厳しく言わなければいけません。その時に、間違いをただ指摘するだけでなく、「これからは気をつけましょうね」と一言つけ加えることで、相手の存在そのものを受け入れ、その弱さを包みこむ優しさが生まれるのです。

そしてもう一つ大事なのは、祈りの心ではないでしょうか。自分では醒めた目で見たつもりでも、それは思い上がりで、変えられないものを変えようとしているのかもしれない。自分ひとりの力だけを信じるのではなく、「神さま、見分ける力を私にお与えください」と祈る謙虚な気持ちを忘れずに、考えながら生きてゆく時に、ニーバーの祈りを実践していくことができるのだと思います。

相手を変えようとするのではなく、まず、自分を変えていく

変えられないものを見極める時に必要なもの――、
冷静なまなざしと、お互いの弱さを認める温かい心。

主体性

王さまのごめいれい

「王さまのごめいれい」
といってバケツの中へ手を入れる
「王さまって だれ」
「私の心のこと」

富山県のある小学六年の女生徒の詩です。寒い冬の日、冷たい水の中に手を入れるのは、ためらわれます。この少女も「嫌だなあ」と思いながら、「王さまのごめいれい」と自分に言いきかせて、バケツの中に手を入れ、多分、雑巾《ぞうきん》をゆすいだり、しぼったりしたのでしょう。

私たちも果たして毎日このように自分の怠《なま》け心と葛藤《かっとう》の末、良心の声に従っているでしょうか。したくても、してはいけない。したくなくても、しないといけないよ、した方がいいよという、王さまのご命令に耳を傾け、自分自身をコントロールしているでしょうか。

文明の利器は次々と便利なものを提供し、私たちの生活を快適にしてくれています。人は一人で生活することが、以前に比べて易《やさ》しくなりました。車椅子《くるまいす》の人も自動ドアなら一人で通れます。単身赴任者の生活も、ずっと楽になったようです。有り難いことです。

しかしながら、この便利さの陰で失われつつあるものがあります。待つこと、我慢すること、許し合うことが不得手《ふえて》になり、人間のぬくもり、思いやり、優しさが少なくなっています。

マザー・テレサがかつて、「愛の反対は憎しみでなく、無関心です」と言われましたが、一人で生きられる時代、機械が人間に取って替わりつつある中で、私たちは、人間のぬくもりと「心」を失いつつあります。

「礼儀正しいことは親切なことです」

というのが、ノートルダム清心中・高等学校の年間実践目標となっています。

この目標設定から六ヶ月以上経《た》った今、学校で、家庭で、通学途上で、どれだけ、この目標は実行されてきたのでしょうか。この目標を今年度だけのものに終わらせず、一生守り抜きたいものです。なぜなら、礼儀正しく生きるということは、自分で自分をコントロールできるという、人間らしさの一つの重要な証《あかし》だからです。

キリスト教主義の学校では、人間を「神の似姿《にすがた》」と考えています。それは、人間には他の動物に賦与《ふよ》されていない理性と自由意志が与えられているということなのです。かくて、私たちの学校の役割りは、一人ひとりが、できるだけ正しい判断と正しい選択を行える一人格に育ってゆくプロセスを助けることにあります。人間には、善《よ》くも悪くも、他の動物にない愛と自由が与えられているのです。

東京に、自由学園というクリスチャンの学園がありますが、その創立者の羽《は》仁《に》もと子《こ》さんが、こんなことを小学生に話していらっしゃいます。

「あなたたちには、脱いだはきものを揃《そろ》える自由があります」

私は、これほど、わかりやすい自由の説明を、それまで聞いたことがありませんでした。

脱いだはきものを揃える自由もあれば、揃えない自由も人間にはあるのです。一瞬考えて、より良い方、より人間らしい行為を自分で選ぶ自由が人間にはあります。そして、そういう些細《ささい》な行為、不行為の積み重ねが、その人の人格を形成してゆくのです。

冷たい水の中に手を入れようか、どうしようかと迷った末、「王さまのごめいれい」に従った小学生の行為は、立派な人間的行為でした。この少女は、環境の奴隷でなく、環境の主人となったのでした。

礼儀正しく生きるということは、親切なことであると同時に、主体性を持ち、周囲に流されることなく生きる美しい人を作ります。

二十一世紀の激しい競争社会、弱肉強食になりがちな格差社会を生き抜くためには「生きる力」が必要です。それがとかく、人を押しのけ、自分だけが成功すればいい、お金をもうければいいという生きる力に終始しています。その中で私たちの学園は「より良く生きる力」を育て、より人間らしく生きる人を育てたいと思います。

マザー・ジュリーは、その六十五年の生涯を病気と闘い、迫害、無理解に耐え、自分が設立した修道会のシスターたちの一部の造反《ぞうはん》にも耐えた人でした。マザーが、このような環境の奴隷となることなく、絶えず「主人」として、それら諸条件に屈しなかった証明が、マザーの美しいほほえみに表われています。善き神への全《まった》き信頼が、これを可能にしたのでした。

私たちは、学園に学ぶ者、働く者として創立者に倣《なら》い、「王さまのごめいれい」に従うことのできる強い心と、自分を必要とする人々への愛と奉仕を惜しむことなく、常に他人を思いやる優しい心の人になるよう努力いたしましょう。

より人間らしい行為を
選ぶ自由が人間にはある

周囲に流されず、自分で自分をコントロールできる。
それは、人間らしさの一つの重要な証。

美徳

狭い門から入りなさい

難関大学の受験などに際して、「狭き門」という言葉が使われています。これは、聖書の中の「狭い門から入りなさい。滅びへの門は広く、そこに通じる道は広々としていて、そこから入る者は多い。しかし、命への門は狭く、そこに通じる道は細くて、それを見つける者は少ない」（マタイ7・13－14）の一部分です。キリストが「狭い門から入りなさい」と教えられたのは、私たちが人生で遭遇する様々な困難から逃げることなく、その道を歩み続けるならば、その先には永遠の命が用意されていることを約束されたものでしょう。

私は母から多くを学びましたが、そのうちの一つは、「面倒だと思うことを、面倒くさがらずにすること」でした。口だけでなく、自《みずか》ら実行している母の姿に、私もいつしか感化されてゆきました。

はきものを脱いだら、面倒でも揃えること、使った椅子は、立った後、元あったようにテーブルに戻すこと、落とした髪の毛は、拾ってから洗面台を離れることなど、日常茶飯事《さはんじ》の中で、〝狭き門〟を選ぶ習慣がつきました。

修道院に入り、大学に勤めるようになって、私は、この選択の仕方を学生たちに伝えています。「それこそは、永遠の命に通じる道ですよ」と言う代わりに、「それこそは、あなたが輝いて生きる道です」と置き換えてです。

顔の化粧に熱心な学生たちに、心も美しい人に育ってほしい。困難に挫《くじ》けず、乗り越えてゆく強い人になってほしい。そのためには、何でもない小さなことを、「面倒だから、しよう」という、意志の力を養っておくことが大切だと思うのです。

私たちが生きている社会は、「楽をして生きる」ことを美徳とし、そのように生きるための手段を次々に作り出しています。この便利さに馴《な》れた私たちは、体はもちろん、心まで徐々に〝狭い門〟を避け、できるだけ安易な道、滅びに通じる広い門と、広々とした道を選んではいないでしょうか。

面倒をいとわず、むしろ喜んで〝狭い門〟へと歩みを進める自分でありたいものです。

面倒だと思うことを、面倒くさがらずにすること

困難を乗り越えていける強い人になるために、「面倒だから、しよう」という意志の力を養う。

始める

初心を忘れずに生きていく

新年は、「今年こそは」と心に決めて、何かを始めるのにふさわしい一つの節目《ふしめ》です。

人によって違うでしょうが、例えば、早寝早起きの実行、ウォーキングの開始といった生活習慣もあるでしょうし、今年こそはダイエットに挑戦しようとする人、自分の性格の中の悪いところや、癖《くせ》を直そうと決心する人もあっていいのです。

「千里の道も一歩より起こる」という諺《ことわざ》があるように、どんなに大きな、または立派な決心も、最初の一歩を踏み出さない限り実現しないのが事実ですし、その一歩を踏み出すのに、案外、勇気が要《い》ります。

始めたから、それでいいわけではなくて、〝続ける〟ことが大切なのです。

「継続は力なり」と言われていますが、いろいろのことを「始めましょう」と始めても、三日坊主に終わっては、何にもなりません。かくて、意志の力も必要になります。

私が修道会に入会して、アメリカに派遣された時のことです。修練長は私たち一人ひとりに、数珠玉《じゅずだま》を十個ほどつないだ一本の紐状《ひもじょう》のものを渡し、一週間に一つの目標を立てること。実行できた時は珠《たま》を一つ押し上げ、失敗した時は一つ下げて、一週間の終わりに記録をつけるようにと言い渡したのでした。

「足音をたてずに静かに歩く」「沈黙を守る」というようなことでしたが、この習慣は、修道生活のみならず、今の私が日々の生活を正して生きるうえで、大きな助けとなっています。

今、私の机の傍《かたわ》らの壁には、押しピンで小さなメモが貼《は》ってあります。「愚痴《ぐち》を言わない」「祈りの時間を削らない」「間食をしない」といった、書くも恥ずかしい決心なのですが、その一つひとつを始め、続けることによって、私は、自分が修練院で教えられた初心を忘れずに、日々生きていきたいと思っているのです。

最初の一歩を踏み出さない限り、目標は実現しない

一週間に一つの目標を立てたら、
始めること、そして続けること。

進歩

私たちが失ったもの

「文明の発達は、人が独りで生活することを可能にする」ということを述べた文章に、なるほどと思いました。科学技術の進歩は、確かに私たちの生活を便利、快適なものにしています。

単身赴任が昔に比べて、あまり苦にならないのは、交通機関、情報伝達手段の進歩もさることながら、さまざまな加工食品がたやすく手に入り、電子レンジ等で食事ができるようになったのも一つの原因でしょう。

しかしながら、その便利さの陰で失っているものも多く、他人への思いやり、優しさの喪失がその一つです。かつては、体の不自由な人を見かけたら手助けし、ドアを開け閉めしてあげるのが当たり前でした。ところが自動ドアは、それを不要にしてしまったのです。車椅子の人でも、ドアの前に行けば自然に開閉してくれるからです。

人が独りで生活できるということは、すばらしい進歩でもありますが、他方このように、他人への無関心をも生み出しています。そして結果的に、自分のことしか考えない人がふえ、淋《さび》しい人が多くなっています。「人」は、その字が示しているように、互いが支え合うことによって、幸せに生きる存在なのです。

一九一二年に、医学生理学の分野でノーベル賞を受けたアレキシス・カレル博士は、その後に書いた『人間 この未知なるもの』という本の中で、物質文明の急速な進歩発展を痛烈に批判した後、今後の人間のあらゆる努力は、それが人類の真の幸福と繁栄に役立つものでなければならないと警告しています。進歩の名のもとに、文明が無軌道に発達することをいましめ、人間性の向上に目を向けることの重要さを指摘するものでした。

人間の心が、退歩、劣化しているとしか思えない事件が多く起きている今日、私たちは今こそ、進歩とは何なのかと問い直すべきではないでしょうか。

文明の発達が、他人への無関心を生み出している

便利さの陰で失った思いやりや優しさ――。
私たちは心を劣化させていないだろうか。

意欲

思い立ったらすぐに行動する

平櫛田中《ひらくしでんちゅう》という人をご存知でしょうか。東京の国立劇場にある「鏡獅子《かがみじし》」を彫った人といえば、おわかりになるかもしれません。生前、文化勲章も受けて、一九七九年に百七歳で亡くなった有名な彫刻家です。

「六十、七十は鼻たれ小僧、男ざかりは百から百から、わしも、これからこれから」と言って、百歳を過ぎても、その創作意欲は衰えず、死の直前まで仕事をして、亡くなった時、アトリエには、後三十年以上は制作できるほどの彫刻用材木があったということです。

田中《でんちゅう》さんの、このような意欲を支えたのは、「わしがやらねば、だれがやる。今やらねば、いつできる」と口癖にしていた、その一念だったと言われています。

百歳になっても衰えなかった、この意欲を、普通の人が持つことは不可能といつでもできる」という、思い立ったらすぐに実行する行動力は、私たちも真似《まね》できるのではないでしょうか。

何かしようとしても気が乗らない時があり、する元気がないこともありますす。すぐすればすぐすむことを、ぐずぐずしたり、後まわしにしがちな時に必要なのは、意欲の「意」の字が表わしている意志の力なのです。

意欲などと、大げさな言葉を使っては申し訳ないほどの小さなこと、例えば手紙の返事、机の上の整頓、洗濯、アイロンがけなど、私がしなければ、誰もしてくれません。そこで、自分の怠け心と闘って、意欲が湧《わ》かないまでも、意志の力で実行するのです。そして、また思うのです。「今、しなければ、いつできる」とも。いつ神さまからのお迎えが来るかわかりません。その時に「はい」と言って、すぐ従えるよう、今できることを、今しておきたいと思うこの頃です。

自分がやらねば、だれがやる。今やらねば、いつできる

自分の怠け心と闘って、意志の力で実行する。今できることは、今しておきたい。

これが私に与えられた一切れ

私たちの平凡な日常生活にも、小さな誘惑は沢山あります。寒い朝、めざまし時計の鳴るのを聞きながら、もう少しの間、ベッドから起きないでいたいというような誘惑は、誰もが経験したことではないでしょうか。

悪への誘惑というよりも、楽な方を選びたい、面倒なことを避けたい、他人よりもまず自分といった心との闘いの、何と多いことでしょう。誘惑そのものを経験することを、私は悪いと思いません。大切なのは、その時に「どうするか」なのです。

修道院に入り、アメリカに派遣されて、多くの修練女たちとの生活が始まった時のことです。食事中は沈黙で、大皿に盛られた品がまわってきて、各自は自分の分を取り分けます。

夕食後のデザートのケーキは、切り分けられていました。その時です。修練長の鶴《つる》の一声。「自分の一番手近かの一切れを取ります」。私たち修練女たちは、ほとんどが二十代の食べ盛り、しかも一日の激しい労働の後でしたから、皆、ちょっとでも大き目のケーキが欲しかったのです。

お肉が出された時も同じでした。自分の好みの焼き具合、そして大き目のものを取りたい誘惑と闘って、「これが私に与えられた一切れ」と思い定めること。これは、その後、私がいろいろな誘惑に遭《あ》った時に、それらとどのように向き合うかを教えてくれる訓練にもなりました。

楽をしたい、面倒なことを避けたい、他人よりも良いものが欲しいという誘惑は、多分、死ぬまで続くことでしょう。ですから、〝主の祈り〟の中で、「わたしたちを誘惑からお守りください」と祈らないといけないのです。悪魔の誘惑を退《しりぞ》けられたキリストに、少しでも倣えるようにと。

誘惑は死ぬまで続く、大切なのはその時に「どうするか」

楽をしたい、より良いものが欲しい。
そんな誘惑から逃れられないのが人間。

これが自分

勇気を持って受け入れる

映画『風とともに去りぬ』の中で、スカーレット・オハラを演じたヴィヴィアン・リーは、主役にふさわしい美女でした。

一世を風靡《ふうび》した美女にとっては、自分が容姿の衰えを伴って老いてゆくということは、耐えがたいことだったに違いありません。エピソードの一つに、彼女がある日、手鏡を床に投げて割ったというのがあります。姿見の鏡と違って手鏡ですから、そこには正直に、しわや肌のたるみが映っていたのでしょう。

ヴィヴィアンは〝見たくない自分〟、かつて多くの人を魅了した若さと美しさを失った自分を見て、受け入れられなかったのです。

鏡を割ったからといって現実は変わりません。ありのままの自分を受け入れることが、自分を愛して生きることだと、頭ではわかっていても、つい〝見たくない〟、他人に〝見せたくない〟自分を隠してしまいがちです。

私は二〇〇八年二月に八十一歳になりました。三十五歳で岡山の大学に赴任してから四十五年以上経ちました。昔の卒業生に会った時など、同伴者に向かって、「シスターは、お若い時、おきれいだったのよ」と言われることがあります。本人はほめたつもりだったのでしょうが、私は必ずしも嬉《うれ》しくないのです。やはりそこには、私の傲慢《ごうまん》さがあります。

ですから、ヴィヴィアンのことを笑えないのです。過去に生きるのではなく、歳《とし》もとれば間違いもする「今の自分」を受け入れ、いとおしんでやらないといけないのです。

「シスターは、ずいぶん小さくおなりになりましたね」。これも、ここ十年ほど私が耳にする、あまり嬉しくないコメントの一つです。私はかつて百五十六センチぐらいの身長でした。ところが、人生には思いがけないことが起きるものなのです。

十数年前、膠原病《こうげんびょう》という病《やま》いをいただきました。この病気はステロイドの投与で治ったのですが、副作用で骨がもろくなり、脊椎《せきつい》の圧迫骨折で背が十センチも低くなったばかりか、背中が丸くなってしまったのです。

　この事実も、私に自分の傲慢さを思い知らせるものとなりました。私は、すぐには、かつての自分と異なって背が丸くなり、低くなった〝醜い自分〟を、そのまま受け入れることができませんでした。その一つの表われとして、以前は街を歩いていて、ガラス窓などに自分の姿が映ることを何とも思わなかったのに、その頃から、自分の姿を見たくなくなってしまいました。

　ナチに追われ、アメリカに亡命した神学者、ポール・ティリッヒは、『存在への勇気』という本の中に次のように書いています。

「勇気とは、自分の本質的自己肯定に矛盾する、実存の諸要素にもかかわらず、自分自身の存在を肯定する倫理的行為である」

　少し堅い言葉ですが、要は、「こういう私なら私と認めてやる」という条件を打ち砕く現実の諸要素にもかかわらず、自分を自分として認め続け、生き続けることこそが、人間一人ひとりに課せられた根本的勇気なのだということでしょう。

　講義の中で学生たちに説いていたこの一文は、私自身が、老いた自分、醜くなった自分の姿と対面せざるを得なくなった時、初めて真に理解できたのでした。八十七歳で亡くなるまで、徐々に老いてゆき、小さくなっていった母の姿を見ていた私には、観念的にわかっていても、現実に自分のこととして受け入れ、様変《さまが》わりをした自分を嫌わず、愛想《あいそ》をつかすことなく、「これが自分だ」と優しく見つめるのには、勇気が要りました。

ありがたいことに、ようやく今、私は若い時と違う自分の姿を受け入れることができるようになりました。それが現実なのですから。

そんな葛藤を持つ自分をいとおしく思い、これから先、もっと惨《みじ》めになるかもしれない自分に優しくなりたいと思っています。それが取りも直さず、どんな他人も、ありのまま優しく受け入れてゆける秘訣《ひけつ》なのですから。

自分を認め続けることは、人間に課せられた試練

「今の自分」をありのままに受け入れ、
生き続けるには優しさと勇気が要る。

浄化

あかりをつける人

『心のともしび』というカトリックのラジオ番組が、次のような標語を掲げています。「暗いと不平を言うよりも、すすんであかりをつけましょう」。

便利な世の中になりました。修道院にも自動洗濯機、炊飯器、電子レンジ等の電化製品が一応揃えられ、冷房も暖房もあって、快適に過ごさせていただいています。

これらの恩恵をありがたいと享受《きょうじゅ》しつつ、気をつけないと自分が徐々に、〝怠け者〟になっていること、当たり前だったことを面倒に思ったりしていることを日々反省しています。

学校教育とも四十年以上関《かか》わってきましたが、以前に比べて学生たちも、幼稚園や小学校の保護者たちも、要求が多くなったり、僅《わず》かの〝暗さ、不自由さ〟に我慢できず、落ち込んだり、他人を責めたりすることが多くなっているように思います。つまり、「暗いと不平を言う」人がふえて、「すすんであかりをつけよう」とする人が減っていて、残念です。

一九七〇年代は学園紛争《ふんそう》の頃でした。私たちの大学は、学生たちの良識と信頼のおかげで、紛争に巻き込まれることはなかったのですが、その頃、卒業していった一人の学生の言葉が忘れられません。「シスター、この大学は、愛、許し、平和は教えても、怒《いか》ること、不正と戦うことは教えないのですね」。

痛い言葉でした。正しく怒ること、不正義には非暴力で立ち向かうことが「あかりをつけること」である場合があることを思い知らされたからです。この頃の学生たちに比べて、今の学生たちは、概して自分の私生活に比重を置いていると言えるのでしょうか。このような指摘をしてくれる学生も少なくなりました。

私が学長になって間もなく、いろいろの問題に頭を悩ましていた時にいただいた詩です。

天の父さま

どんな不幸を吸っても
はく息は感謝でありますように
すべては恵みの呼吸ですから

河野《こうの》　進《すすむ》

不平や愚痴を吐き出すことで、心のストレスは発散できるのかもしれませんが、周囲の空気は、それだけ汚れるのです。私たちは、自分の不機嫌さで環境を破壊しないように気をつけましょう。感謝の息で浄化《じょうか》することこそが、私たちの大学の卒業生の使命なのです。

創立者マザー・ジュリーの生涯は、苦難に満ちたものでした。「暗い」と不平を言おうと思えば、いくらでもその種に事欠かない一生でした。でもマザーは、むしろ「立ってあかりをつける人」になることを選ばれたのです。これは勇気の要ることでした。

私たちの日常生活の中でも、「他の人が立てばいい。なぜ私がしなければいけないの」と思い、言いたくなる時がいっぱいあります。

「損をする勇気」が必要なのですね。他人に振り回されず、私が私らしく生きるためには、期待したほほえみが貰《もら》えない時、不愉快になる代わりに、私の方からほほえみかけましょう。環境の奴隷でなく、主人になるのです。

大学を卒業するのは易しかったけれども、ノートルダム清心女子大学の卒業生らしく生きることは易しくはありません。

「すすんであかりをつけましょう」と呟きながら、電燈がつけっぱなしの教室の電気を消して廻る私は、矛盾しているでしょうか。どうぞお大切に。

自分らしく生きるためには「損をする勇気」も必要

「暗い」と不平を言うよりも、
「立ってあかりをつける人」になる。

自在さ

自分と対話する〝ゆとり〟を持つ

魅力というものは、両極端にあるものを、併せ備えた人に感じることが多いように思います。なぜなら、その人が示す「意外性」に私たちは驚かされ、その新鮮さに魅《ひ》かれてゆくからなのでしょう。

外観からすると、「典型的な今どきの若者」としか思えない学生が、その姿からは想像もしなかった折目正しい態度を取ったり、細やかな心づかいを見せることがあります。そんな時、外見で人を判断しがちな自分を反省すると同時に、カジュアルさの陰に培《つちか》われている洗練されたマナーと、若さに似合わない大人度に、目を開かれる思いがするものです。

では、このような「意外性」は、どのようにして生まれるのでしょう。生まれつき備わっているということもあるかもしれませんが、私はやはり、本人が自分自身との対話と闘いを通して身につけてゆくのだと思います。時と場合に応じて、自分を〝自在に〟操ることができるようにした訓練の結果なのです。

父母が歳をとってから生まれた末っ子ということもあり、若い頃の私はわがままで、自分の感情をもろに出すことがありました。何でも「一番」でないと気がすまず、思うままにならない時は、怒りを相手にぶつける〝強さ〟を持っていました。「和子さんは鬼みたい」と、その頃のクラスメートに言われたこともありました。

その私に〝優しさ〟への道をつけてくれたのは、三十代の初めに出会った「ほほえみ」という詩だったのです。

もし　あなたが誰かに期待した
ほほえみが得られなかったら
不愉快になる代わりに　あなたの方から
ほほえみかけてごらんなさい
実際　ほほえみを忘れた　その人ほど
あなたからの　それを

必要としている人はいないのだから

ほほえみでも、あいさつでも、お礼、お詫び、何でもいいのです。とにかく、私が求めているもの、相手から期待しているものが与えられなかった時、自分は「どうするか」という選択に迫られるのです。

従来の私の〝強さ〟は、そのような時、自分の不機嫌を露《あら》わにし、言葉や態度で示し、仕返しをすることによって表現されていました。ところが、この詩は、もう一つの選択、つまり、異なる〝強さ〟があることを教えてくれたのです。

セルフ・コントロールの強さといってもいいでしょう。怒りたい自分の衝動を抑制し、ほほえむことのできない相手の気持ちを思いやり、許し、さらに、一歩進んで、相手にほほえみかける〝優しさ〟――〝強さ〟からしか生まれない〝優しさ〟の存在に気付かせてくれました。

この選択は、時に、極めて困難な時があります。これを可能にするのは、自分との対話であり、自分との闘いでしかありません。

「私が欲しいものは、相手も欲しいに違いない。そして見たところ、相手は私よりも、それを必要としている」

このように、一呼吸おいて事態を冷静に見つめる時、私たちは自分にとって損としか思えないものを、得《とく》に変えることができるのです。貰えなかった損と、与える損のダブルのマイナスは、プラスに変わるのです。一見、〝負け〟のようで、実は〝勝ち〟なのです。

「目には目を、歯には歯を」という仕返しは、強さの表われのようで、必ずしもそうではありません。それは、相手の出方に左右され、支配されている自分の弱さの表われでしかありません。相手のレベルに自分を下げようとしないプライドが、環境の奴隷でなく、環境の主人であろうとする主体性が、「敵をも愛する」優しさを生み出す源泉なのです。

ものごとに直面した時、衝動的に動くことなく、自分自身に向き合って「どうするか」と対話を交わすゆとりを持ち、自らと闘いながら、あるべき姿を自在に引き出せる魅力を保ってゆきたいと思います。

〝優しさ〟は、〝強さ〟からしか生まれない

時と場合に応じて、自分を〝自在に〟操る強さが、
「敵をも愛する」優しさを生み出す。

見る

人生にあいた穴

今から三十年ほど前、五十歳の時に私は鬱病《うつびょう》を患《わずら》いました。学長に就任してから十四年目、修道会の責任者にもなり仕事も多忙で、とうとう心がまいってしまったのでしょう。日々不安感に苛《さいな》まれ、体も言うことをきかない。誰かと会っていても、ほほえむことさえできない。もう自分は生きている価値がないんだと。それは辛いものでした。

見かねたシスターたちが、私を神戸にある病院に入院させました。高台にある病院。病室の下は崖になっていました。ここから飛び降りたら楽になれる。私は死を考えさえしました。神に仕えるシスターとして、決して考えてはいけないことです。

私は神を恨《うら》みました。これまで人生をかけて神に仕えてきた。修道者としてがんばって働いてきた。なのにどうして神はこんな試練を私に与えるのか。病魔に襲われた二年間は、本当に辛く厳しい日々でした。

しかし今になって思えば、それは教育者として通り抜けなければならない道だったような気がするのです。その経験が私には必要だったのだと。

心を病んだ学生たちが私のもとを訪れます。自分を責め、自分が悪いんだと思い込んでいる。

私は言います。「ちっとも恥ずかしいことじゃないのよ。人間というのは弱いものだから、自分ばかりを責めてはだめ。私だって心を病《や》んで入院していたことがあるんだから」と。自分が経験したからこそ、その言葉に重みが出てくる。優しい気持ちが伝わる。「いつかきっと、今の経験がよかったと思える日がくるわよ。私のようにね」と言うと、皆救われたような表情になるのです。

人生には、思いもかけない穴があくことがあります。病気だったり、大きな失敗だったり、あるいは大切な人の死だったり。理不尽で辛いことがいっぱいある。でも、穴があいてはじめて見えるものもあるのです。はじめてわかる他人の苦しみもあります。そしていつか、穴があいたことに感謝する日がきっとくる。私はそう信じています。

穴があいた時には、思いっきり嘆けばいい。どうして私がこんな目に遭うのかと、恨み言を言ってもいい。誰かに弱い自分をさらして泣いてもいい。そうしてひとしきり嘆いた後に、穴があくまで見えなかったものを見ようと視点を変えてみるとよいのです。深い井戸の真っ暗闇《くらやみ》の底には、真昼でも星影が映ると言われています。つまり肉眼では見えないものが、穴があいたからこそ見えることがあるのです。

どんなに辛い経験でも、
自分には必要だったのだと
思える日がきっとくる

人生に穴があいた時は、
穴があくまでは見えなかったものを見よう。

「きれい」ではなく「美しく」なる

思わぬ穴が人生にあいた時、穴があいたがゆえに、それまで見えなかったものを見ようとする力。そういう力が私たちの世代にはあったような気がします。おそらく戦争という深い闇を経験しているからでしょう。今の人たちはそういう力が弱くなっているみたいです。自らの力で道を見出《みいだ》そうとしないで、誰かが何とかしてくれるのをただ待っている。とても依頼心が強くなっています。

依頼心が強いということは稚《おさな》いということです。いつも誰かに頼り、誰かのせいにして、自分のことしか考えない。子どもたちばかりでなく、そういう親がたくさんいます。そこには穴をプラスにする力は育ちません。

どうしてそうなってしまったのか。その大きな原因の一つは、面倒なことをしなくなったからだと考えています。あまりにも便利な世の中になり過ぎてしまった。便利になればなるほど、人は面倒なことは嫌になってしまう。簡単で安易な方がいいと思ってしまう。でも、生きていくうえで面倒くさいことはたくさんあります。それを嫌がらずにこなしていくことで、大人になっていくのではないでしょうか。

「面倒だから、しましょう」と、私は学生たちにキャッチフレーズのように言っています。例えば家に入る時、きちんと自分の靴を揃えるのは面倒です。だからこそ揃えるのです。テーブルに水をこぼしたらサッと拭《ふ》く。洗面所に髪の毛を落としたら、ちょっとティッシュで拭き取る。ついつい面倒くさくてやりたくないことを、丁寧にやる習慣を身につける。その積み重ねで、人間の心は美しくなっていきます。

お化粧をしたり整形をしたりすれば、確かに見た目はきれいになるでしょう。それによって自信が生まれることもあるでしょうから、否定はしません。ただ、それは「きれいさ」であって「美しさ」ではありません。真の美しさとは自分との闘いの中からのみ生まれるものです。日々面倒なことから逃げずに、自分の言動を見つめること。そこにこそ凛《りん》とした美しさが生まれる。

誤解をされたり、誹謗《ひぼう》中傷されたり、いじわるをされたりする。生きていればそんなことはしょっちゅうです。でもそこで、やり返したりしてはいけない。いじわるをされたから、いじわるの仕返しをするのでは、相手と同じレベルに下がってしまう。その瞬間に美しさは失われます。

きれいさはお金で買うことができます。しかし美しさはお金では買えません。自分自身の努力で作り上げていくしかないのです。そして美しさとは強さでもあります。穴から、穴があくまで見えなかったものを見ようとするたくましさ。その強さを養うために、美しい生き方をしてほしいと思います。

三十年ほど前に患った鬱病は、今でも時おり顔を出すことがあります。ストレスが溜《た》まった時などには、言いようのない不安感が襲ってきます。心の病《やまい》はなかなか完治するものではありません。そんな時には早めに寝《やす》むこと。「私はそんなに強くはないわ」と呟き、寝んでしまいます。

しかし、休むことさえできない人もいるでしょう。サラリーマンの人たちは、そう簡単に休めるものではありません。まわりに置いていかれまいと無理をせざるを得ない。主婦の人も同じでしょう。心が疲れたからと言って、子育ては待ったなしです。休む暇もなく家事をこなさなくてはならない。では、休むことさえ許されない人たちはどうすればいいのか。多分、そういう自分を許し、受け入れ、自分と仲良く生きてゆくようにすることが大切なのではないでしょうか。

でも、これだけは言っておきたいのです。

「人生の中で起こるすべてのものごとに、無意味なものは一つもない」ということを。

穴のまったくない人生などあり得ない。歩む道には必ず穴があきます。でも、その穴の一つひとつに意味を見出し、穴があくまでは見えなかったものを見ましょう。人生に無駄《むだ》なものはないのです。無駄にすることはあっても。私たちに与えられる苦しみが癒《いや》され、心の栄養となる日は必ずやってきます。

美しさとは強さ。その強さを養うために、美しく生きる

人生に無駄なものはない。苦しみはいつか癒され、心の栄養となる日が必ずやってくる。

三つの心

現代の忘れもの

先日、ある冊子を読んでいた時、「人の命も物も、両手でいただきなさい」という言葉に出合って心を打たれました。最近、私自身が忙しさにとりまぎれて、片手で物を渡す、片手で人様とおつき合いするような心や生き方になっていたのでしょう。時代の流れの中で、私たちは「する（to do）」ということに追われ、自分の「あり方（to be）」「生き方」をおろそかにしていないでしょうか。

現代の特徴は、「便利」「快適」「スピーディ」という言葉で表わされるかと思います。私たちは確かに、その恩恵をこうむっていますが、その陰で、忘れている心があります。まず第一に、「待つ心」。自分と異なる意見を持つ人、違う生き方をしている人を受け入れ、許すことができなくなり、キレやすくなりました。

また、自分一人で生きていける文明の世ですから、人を助ける「思いやりの心」が失われ、自分中心で、他人に対して無関心になり、他人の痛みをわかろうとする心が忘れられています。そして三番目に、「自分を大切にする心」も忘れられています。最近イライラしていないか、ぞんざいに生きていないか、大切に両手で自分の命をいただいて生きているか、一人ひとりが自らに謙虚に問うてみなければと思います。

今、「生きる力」ということが叫ばれております。このむずかしい時代をたくましく生きていくためには、どんな知識が、どんな技術が必要か。自由学園で私がいつも感心するのは、自労自治という言葉のもとに、自分でできることは自分でするということを、とても大切にしていることです。しかも、自分だけが他人を蹴落《けお》として生きるのでなく、よく生きる、人間らしく生きることを心がけて教育していらっしゃることです。そういう人たちが育っていくためには、この三つの心が必要です。

ぞんざいに生きていないか、自らに謙虚に問うてみる

「する（to do）」ということに追われ、
「あり方（to be）」をおろそかにしていないか。

心を配る

よく考え、よく選び、潔くその責任をとる

私たちは今、待つことが不得手になりました。待たないですむからです。楽に生きるのはよいこと、という価値観が浸透しています。楽に生きること、便利なものを使って生きることは、決して悪いことではありません。しかし、思うままにならない世の中を生きていくためには、人を押しのけて自分だけ強ければいいという生きる力でなく、自分自身にブレーキをかけることができる、他人以前に自分に強くある、自分の情欲と闘うことができる、ということが求められているのですね。

私は、わりに仕事が速いのです。母と暮らしていた二十代の頃、母によく言われました。「和ちゃん、あなたは仕事は速いけれども、ぞんざいだ」。ほめられているのか、叱《しか》られているのか、よくわからなかったのですが(笑)、私はセカセカして、いらだちやすかったのです。

三十歳を前に修道院に入り、すぐにアメリカに送られて修練の日々を過ごしました。五年後に帰国し、初めて行く岡山に派遣され、教壇に立つように言われました。私は学生相手に教える自信がありませんでした。教育の講義で、科目にも自信がない。その上、大きな階段教室で、おしゃべりをする学生がいたのです。私は頭にきて、「そこの二人、何を話しているんですか。さっきからおしゃべりばかりして、教室から出なさい」と怒りました。カッとなり、体がぶるぶる震え、次の言葉が出なかった……。それで、自分の弱さというものを知りました。私は感情的にものごとをしてはいけない、一呼吸おいてからしないといけない、と。

その後、自由学園でも働かせていただき、羽仁もと子先生のすばらしい言葉に出合いました。みなさんがよくご存知の「靴を揃えて脱ぐ自由」です。初めはびっくりしましたが、小さな方にでもわかる説明に感心いたしました。そして、学生たちによくその話をしています。

自由とは、好き勝手にはきものを脱ぎ捨てることではなく、脱いだはきものをどうしようかなと一呼吸おいて考え、脱ぎっぱなしにするか、それともちょっと手を添えて揃えるか判断する。どちらがよりよく生きる人のすることか、より人間らしい行為かを考える。それが、一人格としての人間のあり方なのですね。考えて選ぶことは、キリスト教主義の自由学園の基本と言えることだと思います。

私どもの人間観は、「人は神の似姿として創られた」という言葉で表わせるかと思います。似姿と言っても、神さまは目に見えないからむずかしいのですが、他の動物には与えられなかった理性と自由意志、考える力と選ぶ力を、私たち人間はいただいているということでしょう。

ですから、神の似姿として生きるということは、よく考え、よく選ぶ。そして、考えて選んだからには、潔《いさぎよ》くその責任をとる。私は、これを三点セットとして、学生たちに言っています。理性を使い判断したことを、自由意志でするかしないか決める。そしてその結果として、自分がしたこと、またはしなかったこと、つまり行為、不行為に対して責任をとっていく。これは、人間にだけ許されている能力だと思います。それは、良く使うこともできれば、悪く使うこともできます。たとえばナチスの時代にガス室を作り、障害者、老人や子ども、ユダヤ人たちをガス室で殺しましたが、このようなことは他の動物には不可能で、人間だからこそできたのです。

そこに、教育の大切さがあります。幸せなことに、みなさんはこの自由学園で、知識や技術を何のために使うのか学んでいる。学ぶにあたって聖書を読み、キリストの言葉に従って、自分がされて嬉しかったことを他人にし、自分がされて辛かったことはしない、という愛を実行しようとしていらっしゃいます。

待つ心を育てるには、自分との闘いが必要になります。したいことと、しなければいけないことがあった時に、したいことを我慢して、しなければいけないことを優先できるか。また、したいことがあっても、してはいけないことだったら、自分の欲望を抑えて、しないでおけるか。それは自分との闘いです。

自分を鍛えるために、私が学生たちと使っている合言葉は、「面倒だから、しよう」という日本語です。面倒だからよそう、面倒だから後回しにしようというのが、当たり前の日本語でしょう。だから使うのです。例えば「面倒だと思ったら、次の方が気持ちよく使えるように洗面台に落とした髪の毛を拾ってから、洗面台を離れましょう」と言っています。修道院も昔は大部屋に住んでいましたが、近頃はプライバシーを大切にということで、各自、個室をいただき、部屋には洗面台がついています。それが黒ずんできて、いやだなあと思っていた時、新聞の家庭面に「洗面台をきれいに保つには」と書いてありました。「これだ！」と思って、読んでみると「小まめに拭くことです」。何だか、だまされたような気がしました（笑）。でも、そういうことが大切なのだと気がつきました。面倒くさがらない。

毎日の生活の中で、ほんのちょっとのことでも心を配る。面倒だと思ったら、するかしないか一呼吸おいて考え、よりよい方を選びましょう。より人間らしい方を選ぶ、と言ってもいいかもしれません。そうすることで、私たちは美しい人になることができます。

面倒だと思ったら、一呼吸おいて考え、よりよい方を選ぶ

ちょっとしたことでも、面倒くさがらない。
自分の欲望を抑えて、より人間らしい方を選ぶ。

ほほえみとぬくもり

「思いやる心」が忘れられていくのは、時代が相当に影響しています。自動ドアは、車椅子の方が前に来た時、自然に開いて閉まります。便利な時代になりましたが、それだけに人様をお助けする必要が減り、逆に言えば、人に「手伝ってください」と頼まなくてもすむようになりました。それは、私たちが共に生きることを不得手にしています。文明とは、「人が一人で生きることを可能にするもの」とも言われますが、互いに無関心で、自分中心の世界だけに生きていたら、どうなるでしょうか。

マザー・テレサは「愛の反対は、憎しみでなくて無関心です」と、おっしゃいました。憎しみというのは、まだそこに憎い相手がいる、憎い人や避けたい人がいると、気になりますね。ところが無関心は、そこにその人がいるということさえ考えない。とても恐ろしい人間関係です。現代こそ、以前に増して思いやりを培い、育てていかないと、と思います。

私どもの大学はカトリックで、四年生は卒業間際《まぎわ》に神父様に卒業ミサをあげていただき、講話をしていただくのが慣《なら》わしです。まだ私が学長をしておりました頃、神父様にしては珍しく弁護士の資格を持つ方が、「自分は弁護士なので、よく夫婦のもめごとを持ち込まれる。そこからみなさんに、夫婦円満の秘訣を教えてあげます。『の』の字の哲学と覚えていてください」と話し出されました。今から二十数年前のことでしたから、比較的早く結婚して家庭に入る女性が多かった時代です。

「もしあなた方の夫が会社から帰って家のドアを開けるなり、『ああ疲れた』と言ったら、『疲れたの』と言って迎えてあげてください。疲れたという夫に、『私だって一日働いていたのよ』、『暑かった』という夫に『夏だから当たり前でしょ』、そういう受け答えをしないでください」。「の」の字の哲学は、ある意味でオウム返しですが、もっと深く考えれば、相手の気持ちをふんわりと受けとめる。夫と妻を入れ替えても同じです。

お子さんが学校から帰って来て、「ママ、きょうぼく失敗しちゃった」と言ったら、お母様は「そう、失敗したの」と受けとめてください。「また？」「あんたはおっちょこちょいだからね」では、子どもはせっかく話そうとしたことも話せなくなります。

人の話は半分しか聞かない、そして自分ばかりどんどんしゃべる。そういうことが、私たちの生活の中にないか。私の場合はあります。シスターたちのどなたかが「きょうね、こういうことがあって」とおっしゃった時に、つい「あら、それだったら私はね……」と言ってしまう。後で、悪かったと思うのですが（笑）。人の話をさえぎらない、人の話をとってしまわない――それは思いやりの姿として、とても大切なことです。

アメリカの心理学者エーリッヒ・フロムが書いた『愛するということ』という本があります。フロムは、「愛するということは、もともと特定の人を対象としたものではない」と書いています。「もし人が一人の人のみを愛し、他の仲間には冷淡であるというのであれば、それは愛ではなく、一種の自己中心主義に過ぎない」。

フロムは続けます。「本当に一人の人を愛するならば、私はすべての人を愛し、世界を愛し、生命を愛する」。そこまでいくのは大変です。私たちの中には、わが子だけがかわいいというような気持ちがあるからです。友人は大事だけど、他の人には見向きもしない。本当の愛とは、すべての人を大切にする、思いやることができるものでなければなりません。

マザー・テレサの修道会は、よく炊き出しをなさいます。ボウルにスープをよそってあげ、パンを添える。私もマザーの通訳をさせていただいたご縁もあって、カルカッタに二、三度伺ったことがあります。シスターたちが仕事を終えて戻り、「マザー、きょうはこんなにたくさんの人にスープをお渡ししました」と言うと、マザーは「ご苦労さまでした」とおっしゃった後に必ず、「ほほえみを忘れなかったでしょうね。ボウルを渡す時に、ちょっと手に触れて、ぬくもりを伝えましたか。言葉をかけましたか」と。笑顔で、ちょっと手に触れて「お元気？」「顔色が悪いわ」「明日もいらっしゃいね」、そういう言葉がけをする。マザーは、「私たちにとって大切なのは数ではない。群衆ではなく、一人ひとりの魂です」と言われました。

愛は、すべての人を大切にし、思いやることができるもの

人間関係にぬくもりが失われてしまった今、
一人ひとりの魂を大切にできる人に。

受け入れる

自分を大切にする心

私の学生の一人が、先日、授業の後で「シスター、テレビでこんなコマーシャルがありました。『いのちは大切だ。いのちを大切に。そんなこと、何千何万回言われるより、〝あなたが大切だ〟誰かにそう言ってもらえるだけで、生きてゆける』(公共広告機構)。最近、この言葉を実感しました。私は大切だ、それだけの価値がある、そう思うだけで、私はどんどん丈夫になっていきます」と。「丈夫になる」というのは、面白い表現だと思います。「命は大切だ、命を大切に」と言っても、きれいな言葉に過ぎません。ところが実存的に「あなたが大切だ。私にとってあなたは宝石なんだ。だから自分を大切にしてください」と言われたら、確かに生きてゆけそうです。

学園が、ここに学ぶ人に伝えないといけないのは、「命は大切だ」ということと同時に、「あなたが大切だ」ということではないでしょうか。それは、愛されたという思いを持って、一人ひとりがこの学園を卒業していくということです。知識や技術を学ぶことは大事です。お料理も掃除もできるようになった。山登りをして強くなった。そんな生活の中で、学園が一番心がけるべきことは、ここに学ぶ一人ひとりが「あなたが大切だ」と言われ、それを肌で感じている、ということだと思います。それは、私の学校でも同じです。

お母様たちは、どうぞご自分のお子さんを抱きしめてください。「勉強ができようができまいが、障害があろうがなかろうが、いたずらをしようがしまいが、あなたは私の大事な子。私の宝。私にとって、かけがえのない子」と抱きしめる。体でできなければ、心で抱きしめる。今、必要なのは人のぬくもり、人の優しさ、「あなたが大切だ」ということを実感することだと思います。

私たちはそうやって他人から大事にされることが必要なのですが、なかなかそういかないことがあります。その時、どうしたらいいか。私の経験から申しあげると、まず自分が自分を愛すること。ちょうどイエス様が聖書の中で「あなた方は自分のように隣人を愛しなさい」と言われたように、自分を愛さないと、他の人が愛せないのですね。まず自分が自分と仲良くなること、自分を受け入れることが大切です。

自分を愛するということは、利己主義になることではない。人を押しのけ、自分だけがスポットライトを浴び、みんなからほめてもらう――それは利己主義です。そうではなく、縁の下の力持ちの自分を惨めに思わない。これが私なんだと受け入れることができる。他の人と比べて、いろいろなところで見劣りがする、でも、これが私なんだ。せめて私が、お前を愛してあげるからね。他の人はあんまり愛してくれないかもしれないけど、がっかりしないで、私がお前を愛してやるから、と。

四六時中、一緒にいる自分が愛せなくて、どうします。軽蔑《けいべつ》しかできない人といるのは、誰だってごめんこうむりたい。好きな人と一緒にいたいですね。そのところで、いつも自分と一緒にいるのは、自分なのです。その自分がどんなに惨めであっても、愛想をつかさない、嫌わない、いじめない。

八木重吉《やぎじゅうきち》というクリスチャンの詩人が、とてもきれいな詩を詠《よ》んでいます。「わたしの／かたわらにたち／わたしをみる／美しくみる」。見ている自分と、見られている自分。美化するという意味ではなく、愛《いと》おしく見るという詩人の心だろうと思います。私たちは謙虚になって、どんな自分でも、これが私だと受け入れるのです。神さまは、「私の目にあなたは貴い」と言ってくださいました。だからこんな私でも、神さまの傑作なのです。お創りになった方の期待に応《こた》えて、私は私なりに生きてゆく。自分のありのままの姿を美しく見る。そして、できるだけ美しい自分になろうと努力する、これは大事なことです。

私たちが好きな自分と一緒にいるということは、機嫌よく生きることができる一つの秘訣です。いつも、自分はだめだ、だめだと思っていると、つい機嫌が悪くなります。いつもよそ行きの自分でなくていいのです。普段着の自分と、よそ行きの自分のギャップがあまりないと、自由に生きられます。

お話を終わるに当たって、私の大好きな詩を紹介させてください。

われは草なり

われは草なり　伸びんとす
伸びられるとき　伸びんとす
伸びられぬ日は　伸びぬなり
伸びられる日は　伸びるなり

われは草なり　緑なり
全身すべて　緑なり
毎年かわらず　緑なり
緑の己れに　あきぬなり

われは草なり　緑なり
緑の深きを　願うなり
ああ　生きる日の　美しき
ああ　生きる日の　楽しさよ
われは草なり　生きんとす

草のいのちを　生きんとす

（高見《たかみ》　順《じゅん》「重量喪失拾遺」より）

「われは草なり緑なり　全身すべて緑なり　毎年かわらず緑なり　緑の己れにあきぬなり」、何と自分を愛しているのでしょう。他のものと比べて、なぜ私は赤い花を咲かせないのだろう、なぜ私は実を結ばないのだろうと、自分をいじめない。自分を愛して、自分といつも新しい関係を持って過ごしています。「われは草なり緑なり　緑の深きを願うなり」、決して現状維持でいいと思ってない。自分らしく緑を深め、成長していくことを願っています。そして「ああ生きる日の美しき　ああ生きる日の楽しさよ　われは草なり生きんとす　草のいのちを生きんとす」。他の人のいのちではない、草は草のいのちを生きればいいと思い定めた時、生きる勇気が湧いて、この世を美しく、楽しいものと思えるようになるのです。

私は私として生きてゆくこと。この世の中を生きていくうえで、「待つ心、思いやる心、そして自分を大切にする心」を忘れずに育てていきたいと思います。私たちは、自分が持っていないものを人に与えることはできません。ですから、まず私が待つことができる人になるかどうか、人の痛みをわかろうとする人になるかどうか、命を、自分自身を大切にして、互いにあなたは大切よと言いあえる人になるかどうか、ということが問われているのだと思います。

好きな自分でいられれば、機嫌よく生きることができる

いつも自分と一緒にいるのは自分自身。
愛想をつかさない、嫌わない、いじめない。

第2章

愛のある人に

価値

一人ひとりが大切な存在

全国新聞の投書欄に、ある日、次のような一文が載っていた。

「私は体の弱い十六歳の女の子です。学校でクラブに属していますが、先輩たちが聞こえよがしに、『体の弱いやつは、いるだけで迷惑だ』と言います。でも私はこう思うんです。人間、価値があるから生きているんじゃなくて、生きているから価値があるんだと」

人間の存在理由を、これほど明確に言い切った投書の主に、私は感心し、ひそかにエールを送ったものである。

今、世界中で人々は、その利用価値、商品価値で大切にされたり、切り棄てられたりしている。大学生たちを見ていても、真に学問を追究しようとして入学する者よりも、資格取得を第一に考えている者が多くなっている。

それは決して悪いことではないが、大学というところは、「生きるすべ」を身につけさせる以上に、「生きる理由」を考えさせ、それに基づいて、「よく、生きる力」を身につけさせるところでなければならない。

四百六十年程前、一五四九年に、フランシスコ・ザビエルによってキリスト教が日本にもたらされた。彼の後に続いた宣教師たちが、まず日本語という厚い壁にぶつかって、大変な苦労をしたことは想像に難《かた》くない。

やがて禁教令が発せられて、宣教師たちは国外に追放されるか、殉教《じゅんきょう》を余儀なくされるのであるが、彼らが死ぬ前、国へ帰る前に、これだけはどうしても日本人に伝えたいと願った一つのメッセージがあった。それは、今日でも、キリスト教がその中心思想とする「神は愛なり」ということであった。

ところが不思議なことに、宣教師たちは、「愛」の代わりに、やまとことばの「ごたいせつ」を使ったのであった。これは当時、仏教で「愛」が人間の成《じょう》仏《ぶつ》を妨げる「煩悩《ぼんのう》、執着《しゅうちゃく》」を表わしていたので、これを避けたと考えられているが、図《はか》らずも、「ごたいせつ」こそは、愛の本質をいみじくも表現する言葉であった。

それは、人間の一人ひとりが、性別、年齢、家柄、身分などといっさい関《かか》わりなく、大切な一人であることを言い表わし、したがって人は自分のいのちを粗末にしてはいけないというメッセージだったのである。

今日の日本に「愛」という言葉、ハートのマークが溢《あふ》れている。にもかかわらず、何と多くの憎しみと無関心が横行しているのだろう。それは、相手の存在を「ごたいせつ」に思う心が欠如しているからに他ならない。

かくて今日の日本の教育が取り戻さないといけないのは、実に「ごたいせつの愛」なのだ。偏差値にも、容姿容貌《ようぼう》にも、障害のあるなしにかかわらず、利用価値、商品価値を度外視してでも、「その人」を大切にする心を育てることが求められているのだ。

毎日、九十人以上が自殺し、いじめ、金銭目当ての殺人、衝動的な殺傷事件に、人々はもはや驚かなくなった。恐ろしいことである。

大切にされて初めて、人は自分の価値に目ざめる。愛されて初めて、人は自分をも他人をも愛することができるようになるのだ。

「忙」という字が、「心を亡ぼす」危険性をその字で表現しているように、私たちは今、忙しすぎて、心のゆとりを失っている。そんな私たちに、定年を迎えた一人の実業家の、次の述懐は他人事《ひとごと》ではない。「私は、木を伐《き》るのに忙しくて、斧《おの》を見るひまがなかった」。

一分一秒を惜しんで多くの木を伐り、それなりの業績を残し、報酬《ほうしゅう》も得た。しかし、木を伐らなくてよくなった今、仕事をし続けた斧の刃はボロボロになり、使い途《みち》もなくなっている。なぜ木を伐る合間に、斧をいたわってやらなかったかが悔《くや》まれる。「すること（doing）」に追われて、「在ること（being）」に心を使わなかったことへの後悔である。

「いのちは大切だ。いのちを大切に。そんなこと、何千何万回言われるより、〝あなたが大切だ〟誰かにそう言ってもらえるだけで、生きてゆける」。テレビを見ない私に、「シスター、こんなコマーシャルがあるのですよ」と教えてくれたのは、講義を取っている大学の英文科二年生だった。中学生の自殺が頻発《ひんぱつ》していた頃のことである。

「人間、価値があるから生きるのでなく、生きているから価値がある」と自分に言いきかせて、健気《けなげ》に生きている体の弱い十六歳の少女は、きっと誰かに、「あなたが大切」と抱きしめられた経験を持っていたに違いない。

大切にされて初めて、人は自分の価値に目ざめる

「あなたが大切だ」

誰かにそう言ってもらえるだけで、人は生きていける。

手を差し伸べる

愛は溢れゆく

新聞に載っていた一通の投書です。投書の主は一人の長距離トラックの運転手で、その日も夜《よ》っぴて車を走らせ、朝七時頃、ようやく目的地近くまで来た時、一人の小学生が手を挙げて横断歩道を渡り始めたのです。心中いまいましく思いながら急ブレーキをかけ、タイヤをきしませて車をとめました。その小学生は渡り終えると、運転台を見上げて、にっこりしながら、「おじさん、ありがとう」と言ったのだそうです。

「私は」と運転手さんは書いています。「恥ずかしくなりました。そしてこれからは、無謀《むぼう》な運転はするまい。横断歩道を渡る人には、ゆっくり渡らせてあげようと決心しました」。

何でもない投書のようで、世の中を変えるのは、法律の強化でも政治の力だけでもないこと、私たちの一人ひとりが、もう少し穏やかな心、優しいまなざしを持ち、それを惜しみなく互いに与え合うことなのだと考えさせる投書でした。

「愛は溢れゆく」という言葉があります。この一人の小学生の〝ありがとう〟と笑顔は、運転手さんの心を和《なご》ませ、本来持っている、この人の善《よ》さと優しさとを引き出したのでした。

マザー・テレサが日本にいらした時のことです。私たちの大学にも来て、待ち構えていた学生たちにお話をしてくださいました。

お話に感動した学生たちの中から、奉仕団を結成したいという声があがり、受け入れについての質問が出ました。マザーはとても嬉《うれ》し気に、感謝しながら、こう言われたのです。

「その気持ちは嬉しいが、わざわざカルカッタまで来なくてもいい。まず、あなたたちの〝周辺のカルカッタ〟で喜んで働く人になってください」

それから二年半経《た》った三月中旬、私は広瀬さんという卒業生から手紙を受け取りました。その人は、前年の三月に大学を卒業して、県内のある高校で国語の教師をしていた人でした。自分が教師になって初めて送り出した女子生徒の一人が式後こう言ったそうです。

「広瀬先生だけは、私を見捨てないでくれた。ありがとうございました」

そう言い置いて校門を出ていった生徒の後姿を見ながら広瀬さんは思いました。「私がしたことといえば、授業中に目が合った時、あの子に努めてほほえんだことだけだったかもしれない」。

その女子生徒は、学業的にも家庭的にも問題を持っていて、他の教師たちには〝お荷物〟と考えられていたそうです。他の教師たちから無視されていた生徒に、広瀬という新卒の国語教師は、目を合わせることを恐れず、しかもほほえみかけることによって、その生徒の存在を認め、見捨てなかったのでした。

私が特に嬉しかったのは、広瀬さんは、かつてカルカッタへ奉仕に行きたいと申し出た一人だったということでした。彼女は、マザー・テレサとの約束を守って、自分が教えるクラスの中の〝カルカッタ〟で立派に働いてくれたのです。

私たちの周辺にも〝カルカッタ〟があります。それは案外、家族の中で相手にされていない老人かもしれません。学校でいじめられたり、無視されている子どもたち、職場で、社会で仲間外れにされている人々、生きがいを失って淋《さび》しい思いで生きている人たち。そのような人たちに、ちょっとした優しい言葉、動作、温かいまなざし、ほほえみを差し出すことを忘れていないでしょうか。

「みんな、自分が一番かわいいのよ」と、私の母は、私が落ちこんでいる時に、慰めとも、いましめともつかない言葉を言ってくれたものです。

だから、淋しい人が生まれるのです。私にだって、淋しい時があります。そんな時に、ほんの少しの優しさ、ほほえみ、言葉がけで、今まで何度、いやされ、力づけられてきたことでしょう。私たちは、自分自身も〝カルカッタ〟にいる時があるのです。ですからお互いがお互いに、手を差し伸べることが大切なのです。

今から八百年ほど前、イタリアのアッシジというところに、聖フランシスコという修道僧がいました。その人の「平和を求める祈り」に次のような部分があります。

慰められるよりも慰めることを
理解されるよりも理解することを
愛されるよりも愛することを
　我に求めしめ給え

平和は、人が自分中心から脱け出す時に生まれるのです。運転手が仕事より人を優先する時、教師ができる子よりもできない子を大切にする時に愛と平和が生まれます。そして、その愛と平和は〝溢れてゆく〟のです。

自分中心から抜け出す時、平和が生まれ、愛が溢れてゆく

ちょっとした優しい言葉、動作、温かいまなざし、
そして、ほほえみを差し出すこと。

愛の本質

すべてのものに意味を見出す

女子学生たちと四十年以上接していて気がつくことは、この年頃の人たちの多くが、愛に必要なのは、すばらしい対象に出会うことだと考えていることです。

それも決して間違いではないのですが、その対象が〝すばらしさ〟を失った時にも、果たして愛し続けることができるかどうか、ここに「愛の本質」が問われています。

健康だった相手が病気になってしまった時も、前途を嘱望《しょくぼう》されていた相手が挫折《ざせつ》にあった時にも、その人を愛し続けることができるかどうかは、私たちが自分の中に、「愛する力」を養い育てているかどうかに、かかっているのです。エーリッヒ・フロムが『愛するということ』という本の中に、「愛するということは、単なる熱情ではない。それは一つの決意であり、判断であり、約束である」と厳しい言葉を述べているのも、この愛の本質を指摘したものと言えるでしょう。

ふだんからピアノの練習もせずに、立派なピアノを見つけさえすれば、上手に弾《ひ》けると思ったり、絵を描く練習もせずに、ひたすら美しい景色を探している人にも似て、ふだんから〝愛する〟練習をしないで、すてきな人との出会いを待っていては、いけないのです。

愛する力を育てるためには、まず私たちが毎日の生活の中で〝あたりまえ〟と考えていることや人、物を〝有り難い〟と、感謝の気持ちで受けとめることが大切です。

さらに、マイナスの価値しかないと思えることや人、物、例えば不幸、災難、苦しみにさえも、意味を見出《みいだ》して、これまた〝有り難い〟ものと感謝できる時、私たちは愛すべきものを随所《ずいしょ》に持ち、愛しがたい人さえも、その人の存在そのものの価値を認める、愛深く幸せな人間になれるのです。

〝あたりまえ〟と考えることを〝有り難い〟と受け止める

愛とは、その素晴らしさが失われた後も、
愛し続ける、という決意。

雰囲気

惜しみなく与える

雰囲気というものは、目に見えないけれど、体全体で感じるものです。部屋に入った途端に、自分が歓迎されているのか、いないのかがわかる時があります。今まで和やかだった雰囲気が、一人がそこに加わっただけで、険悪なものに変わることもあるのです。

雰囲気というのは、目には見えない〝人の心〟が、かもし出すものと言えましょう。一人ひとり、その人独特の雰囲気を持っていて、それは多くの場合、その人の価値観や生活態度から生まれてくるもののようです。

ヘンリー・ニューマンという英国の枢機卿《すうききょう》が作った祈りの一つに、「神の愛のかがやき」というのがあります。その中でニューマンは、「主よ、私がどこにいても、あなたの香りを放つことができるように、私をお助けください」と祈っています。

キリストが持っていたであろう香りとは、他でもないキリストの雰囲気で、それを静かに、しかも馥郁《ふくいく》と放つことができる人になれたら、どんなに良いことでしょう。人を包みこむような愛と許しの雰囲気があるところには、平和があります。

マザー・テレサは、このニューマンの祈りを毎日唱えていました。以前、マザーをカルカッタに訪ね、一緒にミサに与《あずか》っていた時のことです。喧騒《けんそう》の街中にあり、通りに面して開け放たれた窓から騒音が絶え間なく入るチャペルでしたが、壁を背に、合掌《がっしょう》して祈るマザーの周辺には、侵《おか》しがたい静寂《せいじゃく》がありました。

それは、身も心もすべてを神に捧《ささ》げ、人並以上の厳しい修道生活を送りながら、その愛とほほえみを人々、特に貧しい人々に惜しみなく与えているマザー・テレサの体全体がかもし出している雰囲気でした。そこに、キリストの香りが馥郁として漂っていたことを、今もなつかしく思い出します。

雰囲気とは、目には見えない〝人の心〟がかもし出すもの

その人の価値観や生活態度から生まれ、
一人ひとり違っていて、体全体でかもし出すもの。

自信

我は咲くなり

ひと見るも良し
ひと見ざるも良し
我は咲くなり

武者小路実篤《むしゃのこうじさねあつ》

いつの頃からか、これは私が好む言葉の一つになっています。ひとが見てくれようが、くれまいが、ほめられようが、無視されようが「私は咲く」という、いさぎよさに心ひかれるのです。それは他人の評価に左右されないで生きようとする健気さであり、私は私らしく生きればいいのだという自信のあられでもあります。

四十代半ばになっていて、すでに三人の子どもに恵まれていた母にとって、四人目の私の出産はあまり歓迎するものではなかったようです。この母の気持ちが、生まれてきた私にはわかっていたようで、「生まれてきて、すみません」という負い目が絶えずありましたし、今もあります。他人からうとんぜられたり、ものごとに失敗したりすると、「生きていていいのだろうか」と、自信をなくすのです。

そんな私に、生きていていいのだという自信を二十代の初めに与えてくれたのは、当時、職場の上司だった一人のアメリカ人神父でした。「ありのままのあなたは、すでに宝石だ。そのままで神さまに愛されている」と、言葉ばかりでなく、日常の態度で示し、教えてくれました。多分、神父の言葉、考えは聖書の中に記されている神の人間一人ひとりに対しての言葉、「あなたは、わたしの目に価高く、貴い」に基づいていたと思います。石ころでしかないと思い込んでいた私が、自分を磨いて宝石になろうと決心する糸口となった言葉でした。

かくて私は、ひとの目に映る自分でなく、神のまなざしに映る自分の姿を大切にして生きることを学びました。そして、しみじみ思うのです。この、一人ひとりは、そのままで神の宝石なのだ、だから自信をもって生きなさい、咲いていなさい、というメッセージを、今、自信を失っている子どもたちに伝える使命を私たちはいただいているのだと。

きょうも、置かれたところで、明るく笑顔で咲いていましょう。

置かれたところで、明るく笑顔で咲いている人に

ありのままのあなたは、そのままで愛される存在。
だから自信をもって生きなさい。

美しいもの

死を迎える人のほほえみ

「それは、それは美しい光景です」。そう言って、マザー・テレサは一つの質問に対するご自分の答えをしめくくられました。

その質問は、マザーの講演の後になされたもので、なぜ不足がちな薬や人手を、恢復《かいふく》するかもしれない病人に与えないで、死ぬに決まっている瀕死《ひんし》のホームレスに与えるのか、という問いでした。

それに答えてマザーは言われました。「街かどから『死を待つ人の家』に運びこまれる病人たちは、望まれないで産み捨てられた人たちなのです。生きている間じゅう、汚ない、臭《くさ》いと邪魔にされ、動物以下の扱いをされてきた人たちなのです。その人たちが、生まれて初めて優しい看護を受け、惜し気もなく薬を与えられて死んでゆく時、そのほとんどが、『ありがとう』と礼を言い、中にはほほえみさえ浮かべて死んでゆく人もいるのですよ」。

ここまで話し終えてからマザーは、感に堪《た》えた口調で、「それは、それは美しい光景です」と言われたのでした。

薬の効用、人手の効用は、必ずしも病《やま》いがいやされることだけではない。一人の人間が、その最も大切な瞬間、死を迎える時に、「愛された」と感じ、一人格としての尊厳を取り戻すのに役立った薬、人手ほど、尊い使われ方はないでしょう、というのでした。

産み捨てた親を許し、冷たかった世間への恨《うら》みを忘れ、「神も仏もあるものか」と思っていた神仏への帰依《きえ》を取り戻し、感謝の心でこの世を去ることができるために使われた薬と人手は、「美しいもの」を生み出したのです。

見る影もなく瘦《や》せ衰え、病《や》み疲れた姿、「きれいさ」から程遠い死にゆく人々の姿を、「美しいもの」に変えたもの、効率一辺倒で生きている私たちは、それについて考えなければならないのです。

人の尊厳を取り戻すのに
役立った薬や人手ほど、
尊いものはない

病をいやすことはできなくても、心をいやせたなら、
これほど美しい光景はない。

一人でいられるということ

街なかを、ケータイを見つめながら歩いている若者たち、電車に座るやいなや、ケータイを取り出して操作に余念のない人たちの姿は、今や、当たり前の風物詩になりました。

自分が打ったメールの返事が入っているかどうか、授業中でも気になって仕方がない、絶えず誰かと、つながっていたい、そうでないと不安なのだという学生たちの話を聞くと、この人たちはまだ、「孤独」という宝物に気付いていないのだと思わされます。

「一人でいられるということは、愛する能力を持つことへの条件である」と、エーリッヒ・フロムが書いているように、孤独の淋しさは、愛するため、愛を深めるために味わわなければならない経験なのです。

一見、矛盾のように思える短歌に出会ったことがあります。『折々のうた』

の中に収められていた一首です。

今日しみじみと語りて妻と一致する
夫婦はつひに他人といふこと

柴生田《しぼうた》　稔《みのる》

他人でしかない、したがって孤独な人間同士が、だからこそ寄り添い合い、理解と愛を深めてゆくことができるのだ、ということを、この歌は、いみじくも詠《よ》んでいます。

イエス様のご生涯は、孤独に満ちたものでした。数多くの奇跡を見ながら信じようとしなかったユダヤの群衆たち、イエスから離れ去ってゆく弟子たちの無理解と裏切りの中で、深い孤独を味わわれたことでしょう。「ひとり、祈るために山に退かれた」と、聖書は記しています。孤独のうちにイエスは、父なる神に語りかけ、祈り、一致し、力を得て、再び人々のもとに、彼らをより深く愛するために戻られたのでした。

私たちもまた、心の深みに人を愛するために、孤独の体験と時間を大切にし、そこで、父なる神とつながっていたいと願います。

孤独は、
人を愛し、
愛を深めるために必要な経験

人は孤独だからこそ寄り添い、
理解と愛を深めていくことができる。

昼間の星

大切なものは目に見えない

青いお空の底ふかく、
海の小石のそのように、
夜がくるまで沈んでる、
昼のお星は眼にみえぬ。
　見えぬけれどもあるんだよ、
　見えぬものでもあるんだよ。

これは、金子《かねこ》みすゞの「星とたんぽぽ」という童謡の一節です。この節に続けて、みすゞは、たんぽぽの茎はすがれていても、その見えない根は瓦《かわら》のすき間に生きていて、春が来たら、たんぽぽの花を咲かせるのだと謳《うた》っています。
今から七十年以上前に、二十六歳の若さで一人の娘を残して自死した童謡詩人、金子みすゞの存在は、死後五十年経って世に認められ、人の心を浄化《じょうか》する不思議な力を持った童謡詩の数々が、人の心を魅了しています。

「見えぬけれどもあるんだよ、見えぬものでもあるんだよ」と昼間の星について断言し、瓦のすき間のたんぽぽの根について語るこの童謡は、見えるものにばかり心を奪われている私たち一人ひとりに、〝忘れもの〟を思い出させてくれます。

私はかつて、附属幼稚園の園長を通算して十五年ほど兼任していたことがありました。幼い子どもたちに神さまのお話をすると、「神さまがいるのなら、どうして見えないの。どうして一度もテレビに出ないの」と尋ねられて、返事に窮《きゅう》したものでした。

そこである時、物理学者としても高名なカトリック神父に、「神父さま、目に見えなくても存在するものがあるのでしょうか」と尋ねました。すると、いとも簡単に、「ありますよ。愛がそうでしょう」との答えが返ってきたのです。

「神は愛なり」と聖書に書かれていますが、神も愛も、それなしには生きてゆくことができないほど大切なものなのに、私たちの目には見えません。

『星の王子さま』という題名でよく知られている本の中で、王子と仲良しになったキツネがこのようなことを言っています。「大切なものは目に見えない。かんじんなことは、心の目で見ないと見えないんだよ」。

生前、日本を訪れたこともあるマザー・テレサはその卓越した愛の生涯ゆえに、世界中の人々から尊敬されています。死後六年という異例の早さで列福《れっぷく》されたマザーを生かしていたものは、神への愛、人々、それも貧しい人、見捨てられた人々への愛でした。

一九九七年九月に帰天するに先立って、マザーは何回か手術を受けねばならなかったのですが、マザーを生かしていた愛は、外科医のメスに触れることはありませんでした。私たちが大恋愛をしている最中に、レントゲンをとっても、愛はうつりません。では、無いのかといえば、有るのです。

レントゲンで見え、メスに触れたものは全部、焼場で焼けて灰になってしまいます。しかし、見えなくても有ったものは、焼けることなく、永遠に生き続けるのです。

「見えぬけれどもあるんだよ、見えぬものでもあるんだよ」。時たま口ずさみ、考えたい童謡詩です。

見えるものに心を奪われていると、大切なものを見失ってしまう

それなしには生きられないほど大切なもの。
でも、愛は私たちの目には見えない。

目には見えなくても確かにあるもの

「心」という言葉はとてもむずかしいと感じています。ましてその領域を探るとなるといっそうむずかしいと思います。

まず一人ひとり、「心」の解釈が違います。マザー・テレサのいう「心」と私の考えている「心」もある意味では異なると思っています。

信仰の有無、その深浅でも違います。はっきりいえば、この世の中には目に見えるものしかないと思っている人たちと、目には見えないけれども、あるものは確かにあって、それなしには人間は生きていけないという気持ちで生きている人たちとの違いもあるだろうと思います。

お金とか、ものとか、肩書になるという意味で名誉とか、そういう目に見えるものを支えに生きている人たちと、そういうものももちろん大事だけれども、「愛」のように目には見えないけれども確かにある大切なものを一番根本に置いている人とでは多分生き方が違ってくるだろうと思うのです。心の在り方の違いが生き方の違いになって出てくるのではないでしょうか。

マザー・テレサは、私など足元にも及びませんが、マザー・テレサにしても、私にしても、三つの誓いを立てて修道者になっています。三つの誓い、それは、清貧と貞潔と従順です。

清貧の誓願というのは、自分のものを持たない。貞潔の誓願は、自分の家庭を持たない。従順の誓願は、自分の我儘《わがまま》を持たない。我欲を捨てるといってもいいかもしれません。

なぜこれらを捨てるのかというと、自由になるためです。ものに縛《しば》られない、ものに捉《とら》われない自由。家庭に、つまり夫とか子どもに縛られない自由。そして我欲を捨てて、目上に命ぜられたことを神のみ旨《むね》として素直に行う自由が得られます。

マザー・テレサが、お亡くなりになった時、ご自分のものは修道服が二、三枚と、擦《す》り切れた手提《てさ》げが一つだけだったといわれています。本当に自由な方でした。欲がなかったから、失うものもなかったと思うのです。

ご家庭を持っていらっしゃらなかったから、私もそうですが、すべてを他人のために尽くすことができたのです。心の自由——心の領域の広さといったらいいのでしょうか、これを求めて、自分を縛るものを捨てていらしたのです。

心の在り方の違いが、生き方の違いになる

自分を縛るものを捨てれば、心の自由が得られる。

心の容量

捨てるものはたくさんある

人間ですからやはり欲はあります。でも、修道生活に入ったからには、名誉とか権力とかは追わず、自分はどうしてもこういう仕事をしなくてはならないといった執念とかに捉われることなく、これが神のみ旨だと思ったら、どこへでも赴《おもむ》きます、なんでもいたしますという自由さが、マザー・テレサにはたくさんおありになったし、私も、自分の生活を振り返ってみて、多分、心の捉われ、こだわりが比較的少ないだろうと思います。そのこだわりのなさが、ひたすら学生を愛して、一人ひとりを大事な宝と思ってここ数十年生きるのを助けてくれました。

心の世界は、そのように、もので満たされなくても愛で満たされる時に、その領域が広くなります。マザー・テレサが他の人よりも広い心を持っているとだれもが讃《たた》えるのは、捉われるものがなく、その心は神と人への愛に満たされていたからです。

聖書に、「心の貧しい人は幸いである」という不可思議な言葉が、「山上の垂《すい》訓《くん》」の一番最初にありますが、この〝貧しさ〟というのは、心の世界にだれでも受け入れることができる自由さをいっているのでしょう。

心が家族のことでいっぱいになっているとか、我儘でいっぱいになっているとか、お金のことでいっぱいになっているとかすると、他人の幸せを考える余地＝自由が少なくなってしまいます。自分というものが少なければ、それだけたくさん他人を容《い》れることができますが、心が〝自分〟でいっぱいだと、それだけ他人を受け入れる余地が少なくなってしまいます。

マザー・テレサが、他の人と比べて特別に広い心を持っておられたということではないのです。神さまは、マザー・テレサの心は大きくして、他の人の心は小さくしてなどということはなさらなかったでしょう。私たちが、その心に余計な〝自分〟をいっぱい詰め込んでいて、他人を容れる余地を少なくしているので、マザー・テレサのような広い心、自由を失っているということでしょう。

マザー・テレサは、ロレット修道会の経営する上流の子女を集めた全寮制のカトリック女子校の校長という居心地のよさを捨てて、カルカッタの町外れにあるスラム街に住む人々のために心の自由を獲得したのです。

一度入会した修道会を去ることは彼女にとって、辛《つら》い選択でした。「ロレットを捨てることは、最初、修道院に入るために家族のもとを去った時以上に、私にとって辛いことでした」と述懐しておられます。しかし、彼女は、イエスの言葉を額面通り受け取る数少ない人間の一人でしたから、ロレットを捨てて貧しい人々のもとへ向かうのは神のみ旨であると信じた以上、これに従うのは、彼女にとって当然のことだったのです。

マザー・テレサは、貧しい人々のために、〝自分〟を見事に、立派にお捨てになったということでしょう。「捨我《しやが》精進《しようじん》」という言葉がありますが、私どもにも、我を捨てる、こだわりを捨てる、つまらぬことへの思いわずらいを捨てる――捨てるものはたくさんあるのです。

我を捨て、こだわりを捨て、つまらぬことへの執着を捨てる

ものて満たされなくても愛で満たされる時に、心の世界は広くなる。

表情に心が見える形で出てくる

修道生活でなく、普通の家庭生活をなさっている方でも、ご自分の子にばかりかまけなければ、他人のために、他人の身になって奉仕をする心の自由を持てます。ボランティアですね。これは私たちでもある程度できることです。マザー・テレサの場合には、神さまのために徹底的に心を自由になさったということです。彼女の偉さは、それを真正面から実行されたところにあります。私たちはそう思ってもなかなか、マザー・テレサのようには実行できないのです。

カトリック教会の歴史の中で、聖人《セイント》と呼ばれる方々は、徹底して自分を捨てた人だと思います。例えばマキシミリアノ・コルベという神父は、一九四〇年代にナチスの収容所で、見ず知らずの一人の男の身代わりとなって死刑をお受けになっています。そういう方がカトリックの教会にはずいぶんいらっしゃいます。ものの豊かな一九九〇年代においては、まさにマザー・テレサがその代表的な存在でしょう。マザー・テレサの場合はカリスマというか教祖性のようなものをお持ちで、そのもとにたくさんの人が集まって、「神の愛の宣教者会」という一つの修道会をお作りになったために、お仕事が世界中に広がり、知られるようになったのですが、名前を知られなくても同じような方たちがいらっしゃいます。

だから、マザー・テレサは、いつもおっしゃっていました。「自分はこんなに騒がれる人間ではない、神さまが自分よりも、もっと無学で無知である人をお見つけになったら、私の代わりをおさせになるだろう」と。

マザー・テレサが素足で荒地を歩かれた足の裏に、マザー・テレサの偉大さを見るという方もいらっしゃいますが、トラピストの方だって裸足《はだし》で働いていらっしゃるし、足の裏だけだったら、もっと凄《すご》い方もいらっしゃるのではないでしょうか。偉大さは、私はむしろマザー・テレサのすべてだと思いますし、足の裏よりはむしろマザーの厳しい顔の方がそれを表わしているように思えます。

灼熱《しゃくねつ》の陽《ひ》に焼けて、お年よりもずっと老けられた顔。たくさんの死を見つめていらした鷹《たか》のように鋭い眼差《まなざ》し。そういうものの方に、むしろ印象づけられております。

このように、心というのは、確かに目に見えるものになるのですね。賤《いや》しい心を持っていれば賤しい顔になりますし、気高い心を持っていれば、気高い顔になるでしょうから。造作は親の責任だけれども、表情は本人の責任だという言葉は、その通りだと思います。お化粧を落としたあとの素顔の美しさにこそ目を向けるべきなのですね。

賤しい心は賤しい顔を、気高い心は気高い顔を作る

顔の造作は親の責任だけれども、
顔の表情は本人の責任。

マザー・テレサがカトリック教会で聖人と列せられるかどうか、今のところまだわかりません（二〇一六年に列聖＝出版部注）。

カトリック教会で聖人に列せられるには少なくとも二つの奇跡を必要とします。奇跡というものは、医者や科学者が検証できないことであるかどうかをローマでは厳しく検討します。その暁《あかつき》に聖人に列することになるのです。最初は福者に列する列福式があって、次に列聖式が行われます（二〇〇三年に列福された）。

私はあまりよく知らないのですが、奇跡というのは、たいていお亡くなりになってからの出来事を取り上げるのではないかと思っています。例えば、生前のマザー・テレサが手をお置きになったから病気が治ったというような話はありませんし、私自身、お傍《そば》にいて感じておりましたのは、マザー・テレサ自身は非常に現実的な方で、奇跡を起こそうとか、奇跡ができる人間になろうなどとは、夢にもお考えにならない方でした。彼女自身は当たり前のことをイエスさまのためにしたというだけのことだとお考えだったのです。

マザーがお亡くなりになる前、カルカッタに滞在している間に三度ほどお目にかかったのですが、そのたびに、「私のために祈ってほしい」とおっしゃったのです。英語で「ＰＲＡＹ ＦＯＲ ＭＥ」とおっしゃいました。

マザー・テレサは、私たちにとっては聖人のような方ですから、「あなたのために祈ってあげますよ」とおっしゃってくださってもいいはずです。でも「祈ってください」とおっしゃった。これがあの方の姿勢を表わすと思うのです。

「ＰＲＡＹ ＦＯＲ ＭＥ」とおっしゃったのは、世間が自分を高く評価していようとも、自分は非常に弱い人間で、神さまに召される時に、お召しを心静かに、穏やかに受け入れることができるよう祈ってほしいとおっしゃったのであって、病気が治ることを祈ってほしいとお願いになったのではないと思います。

高僧ががんの宣告を受けた途端に取り乱したなどという話もあります。マザー・テレサは、自分がこれだけ神さまのために働き、尽くしたのだから、聖人のようにきれいな死を遂《と》げるはずだなどとはゆめゆめお思いにならなかったのではないでしょうか。だから、「PRAY FOR ME」とお会いするたびにおっしゃったのだと思います。その謙虚さ――これがマザー・テレサのお偉さの一つだと思います。それは自分の今日あるのは神の恵みによるというお気持ちの強さでもあると思うのです。

外部からの毀誉褒貶《きよほうへん》に対しても、自分は神のはしためであるという謙虚さを持っておられ、そういう心の在り方を終生お通しになった方でした。

死を心穏やかに受け入れることができるように

自分は弱い人間。だからこそ心静かに、
死を迎えられるように祈る。

痛みを伴う愛が欲しい

祈りという時、私たちは、求める祈りしか普通考えませんけれども、本来は神さまを讃美《さんび》することなのです。神とのコミュニケーションといってもいいかもしれません。だから、別に手を組まなくても、神社、仏閣、教会などに行かなくても、仕事をしながらでも祈ることはできるわけです。

人とお話ししていても、いうべきことがいえますようにという祈りの気持ちでいることができますし、もちろん、自分のためばかりでなく、他人さまのためにも祈ります。私も卒業生とか、存じ上げている方のご病気の回復のためとか、むずかしいテストをお受けになる方のためにお祈りをいたします。結婚式などにも自分が出席できない時などに、「お祈りしていますね」といいます。

祈りというのは自分の気休めでなくて、自分が本当に思っているその方への思いをお届けすることなんでしょう。それを受け止めてくださる神さまがいらっしゃると信じるのが信仰でしょう。

マザー・テレサが一九八四年に岡山においでになった時、通訳としてお傍にいたのですが、朝、東京から広島へ行き、原爆の地で祈り、お話をなさって岡山に戻ってこられたのを、駅でお迎えしました。それから夜の九時ごろまで教会で二つと私のところの学生たちとに合わせて三つお話をしてくださって、本当にお疲れだったと思うのです。

その間、行く先々でずっと写真を撮られていらしたわけですが、これから修道院へ帰ろうと歩いている時にもカメラのフラッシュが光るのです。岡山駅からお伴をしていて気付いたのは、マザーが、カメラを向けられてもいつもニコニコ受けていらっしゃることでした。ノーベル平和賞を受賞されて、まだ四、五年の時でしたし、私は「マザーはやはり時の人なんだ、写真を撮られることに馴《な》れていらっしゃる。むしろお好きなのかしら」と思ったのです。

そう思った時、隣を歩いていらしたマザーが、私の心の内を見透《みす》かすようにおっしゃいました。

「シスター。私はフラッシュが一つたかれるたびに一つの魂が神さまのみもとに行くことができるようにとお約束してあるのです」と。

つまり、自分にとっては嫌なことなのだけれども、嫌なフラッシュもニッコリして受けますから、神さま、どうか、その代わりに今、みもとに召されていく魂が天国へ行けますようにという取引を神さまとなさっていたのです。

私自身もそういうことが好きで、嫌なことがある時に、学生のためにとか、卒業生のためにとか思って笑顔で受け取ろうと努めていたものですから、マザーも同じようになさっているとうかがって安心しました。

祈りには、そういう意味での祈りもあるわけです。

マザー・テレサは、よく「痛みを伴う愛が欲しい」とおっしゃっていました。それがこの祈りです。

いつもニッコリして写っているマザー・テレサを見て、マザーは写真を撮られるのが好きなのだという誤解を受けるのもいとわないで、カメラの前でニッコリしていらしたのです。そこには、時空を超えた愛がありました。

嬉しいことがあれば感謝し、悲しいことがあれば、それを喜んで受けることで、他の方々のために祝福をと祈る。その祈りをマザー・テレサほど徹底してできるのは素晴らしいと思います。神さまとメールでつながっているというような状態なのではないでしょうか。

祈りは、その人への思いを神さまに届けること

嫌なことがあっても、だれかのために、笑顔で受け取ろうと努めてみる。

捧げる

神さまからいただいた仕事

マザー・テレサの心は、神さまで満たされていたのかもしれません。神さまで満たされていたということは、貧しい人々で満たされていたということです。

聖書に「あなた方によくいっておく。わたしの最も小さな兄弟姉妹の一人にしてくれたことは、わたしにしてくれたことである」（マタイ25・40）とありますが、マザー・テレサは、これを神が自分にいっている言葉だと信じ、その額面通りに生きてきたのです。貧しい人々のうちにイエスを見て、その人たちを愛し、仕えました。それは神を愛し、仕えることと同じなのです。

貧しい人に手を差し伸べるのは、キリストに手を差し伸べることであり、飢えて苦しんでいる人を見た時は、今キリストが飢えて苦しんでいると信じるのです。

「私の愛するイエス・キリストが私の手を求めているから、私はそこへ行く」といってスラムにおもむいたのです。それはマザー・テレサがイエス・キリストに惚《ほ》れ込んでいたからといってもいいでしょう。惚れた人のためにすべてを献《ささ》げるのは、当たり前ではありますが、マザー・テレサほど徹底的にできるのは素晴らしいことです。

子どもが咽喉《のど》に痰《たん》をからませ、息が詰まってしまった時、母親は、ためらわず自分の口で吸い取るでしょう。他のだれのためでもなく、その子のためです。マザーが、貧しく、苦しんでいる人に慰めを与えるのは、目の前で苦しむ人がキリストその人と信じていたからなのです。

貧しい人々、病んでいる人々に人間としての尊厳を認めて、その人をキリストとしてお世話をなさったのです。

私たちは、よい〝生〟を生きるということを考えますが、それよりも、よい死を迎えることの方が大事なのではないでしょうか。この〝よい死〟を迎えさせるというお仕事をシスターたちは神さまからいただいているのです。

もう一つ、マザー・テレサは、きっと「神の愛の宣教者会」という修道会を神さまが必要となさったからお作らせになったので、必要でなくなったらお取り潰《つぶ》しになるだろうと思っていらしたと思います。そのくらい執着心のない方です。

私が創った修道会だから、今後とも二十一世紀に向かって栄《さか》えていかなければいけないなどとは考えていらっしゃらず、あくまでも神さまがお呼びになったから仕事を始めたのであって、神さまが欲していらっしゃる限り、この仕事は続くであろうし、神さまが要《い》らないとお思いになったら政府なりなんなりが取って代わるでしょうということです。そのようにまったく私利私欲が入る余地のないほどに、神さまで満たされていたのです。

人はだれでも生まれながらの欲望を持って生きます。その欲がなくなってしまったら、人間であることをやめてしまうようなものです。欲を持っていながら、それと闘っておられたのがマザー・テレサです。ものとの距離感覚をまともに持っておられたのだといってもよいでしょう。ものに無頓着《むとんちゃく》なのではなく、執着しないということではないでしょうか。それによって心の領域が広くなるのですから——。

〝よい生〟を生きること、そして〝よい死〟を迎えること

病んでいる人々に、よい死を迎えさせる仕事を、シスターたちは神さまからいただいている。

第3章

生きる喜び

勉強

運命は冷たいけれども、節理は温かい

勉強は、学校教育を終了した時点で終わるものではなく、一生涯続くもの、また、続けなければいけないものと、私は考えています。

机の上の勉強も大事ですが、私たちが生きている間に遭遇する一つひとつのことから、何かを学ぶことができるし、学ばなければもったいないです。現実に人の間で揉《も》まれ、痛い目にも遭《あ》い、人の優しさにも触れて、私たちは、いわゆる社会勉強をしてゆきます。

四年制大学の学長に任ぜられた時、私は三十六歳でした。しかし年齢にはお構いなく、それは、次から次へと決断を下さないといけない立場だったのです。「シスターは、イエスとノーがはっきりしすぎる。もう少し玉虫色の返答にした方がいい」と、一人の年長者からアドバイスされ、長い間、アメリカ人のもとで働いていた私は戸惑《とまど》いました。私にとっての新しい勉強だったのです。

一つの決断に対しては、それに賛成する人もいれば、反対する人もいました。激しい批判に遭って、心が萎《な》えそうになっていた時、ある方が笑いながら、「大丈夫ですよ。相手はあなたを殺しはしませんから」と、安心させてくださり、その時以来、私は反対意見に遭っても、あまり動じなくなりました。これも私にとって、良い勉強でした。

思いがけない病気にかかって意気消沈していた時、「運命は冷たいけれども、摂理は温かいですよ」という言葉に救われました。病気をも摂理と受けとめた時、それはありがたい「勉強の機会」となり、自分に起きるすべてを、運命としてでなく、摂理と見て生きるという、お金では決して買えない勉強を私はしたのです。

宮本武蔵《みやもとむさし》が、「我以外、皆師なり」と言っています。私も、この言葉を座右の銘として、やわらかい心を持ち、謙虚な心を忘れずに、一生涯、勉強し続けたいと思っています。

やわらかく、謙虚な心で、一生涯勉強し続ける

生きている間に遭遇する一つひとつのことから、
私たちは何かを学ぶことができる。

働く喜び

祈りながら草の根を抜く

ボストン郊外にあった修練院の庭は広く、夏ともなれば草が我物顔に生《お》い茂《しげ》り、私たち修練女には格好の仕事場になりました。

その日も、暑い陽射《ひざ》しのもと、私たちは黙々と、各自が割り当てられた場所の草を取っていました。するとそこに修練長が現われ、次のように言われたのです。「あなたがたは、草をむしっているだけではありませんか。根こそぎ抜かなければ、草はまた、すぐに生えるのですよ」。

そして、面倒くさそうな顔をしている私たちを見まわして、「今、青少年の非行が蔓延《まんえん》しています。悪の道に足を踏み入れ、その足を抜きたくても抜けないで苦しんでいる人たちのために、祈りながら、草の根を抜いてごらんなさい」と、さとされたのでした。

面倒くさくても、つまらなくても、仕事は仕事、しなければいけないのだとすれば、その仕事に意味を持たせることによって、それを、つまらなくないものに変えることができるのだということに、私は気付かされました。「足が抜けますように」と祈って、草を根こそぎ抜いたから、その分だけ非行の数が減ったかどうかは、わかりません。ただ確かなことは、私が、働く喜びを見出《みいだ》すようになったということでした。それは、自分の仕事が無意味でなく、何かの、誰かの役に立っていると考えることから味わう喜びでした。

その頃の修練院は、厳しく世間から隔離され、テレビもラジオも新聞もない世界でした。しかしながら、そこで、私たちは、日常の何でもない働きを捧《ささ》げることによって、世間と関《かか》わり、人々を愛することができたのでした。

お金を得るため、家族のために働く喜びもあります。そのような喜びとともに、苦しみを抱えて生きている、見ず知らずの人たちのために働くことができる喜びをも、忘れたくないものです。

自分の仕事は無意味ではなく、誰かの役に立っている

仕事に意味を持たせることができれば、
つまらなくないものに変えることができる。

病気

苦しい日々のあとで

病まなければ捧げ得ない祈りがある
病まなければ信じ得ない奇跡がある
病まなければ聞き得ないみ言葉がある
病まなければ近づき得ない聖所《せいじょ》がある
病まなければ仰ぎ得ない聖顔《みかお》がある
おお、病まなければ
私は人間でさえもあり得ない

これは、詩人であり牧師であった河野進《こうのすすむ》さんの詩ですが、病気をはっきりと、一つの恵みと言い切っています。

私自身、五十代の初めに、思いがけず病《や》いにかかり、なかなか治らずに苦しい日々を過ごしたことがありました。「神さま、どうして」と、愚痴《ぐち》をこぼしていたある日、ミサで読まれた福音《ふくいん》の中に、それまでは気付かなかったイエスのみ言葉を聞いたのです。

「わたしが行って、いやしてあげよう」

それは一人の百人隊長が、自分の僕《しもべ》の病いをいやしてくださいと願ったのに対しての、イエスのみ言葉でした。それまで何度も同じ個所を読み、そこが読まれるのを耳で聞いていたにもかかわらず、「心」で聞いていなかったのです。「病まなければ聞き得ないみ言葉がある」ということを、私はその時に、しみじみと実感したのです。

病気というのは、決して嬉《うれ》しいものではありません。しかし人は必ず病気にかかります。その時に、その病いをいかに受けとめるかが問われているのです。

病いを得て、一年近く入院していた一人の卒業生が、退院後に手紙をくれました。「久しぶりに地面を踏んだ時には、心が躍りました。今の私には、当たり前が輝いて見えます」。この人は、輝くもの、「宝」を以前よりも多く持つ人になりました。病《や》んでこそ得られる賜物《たまもの》を思う時、私たちは病気もまた、主から与えられる一つの恵みなのだと気付くのです。

病んでこそ
得られる賜物もある

病気もまた一つの恵み――。
病まなければ聞き得ないみ言葉がある。

生きる喜び

変わりばえのしない日々に喜びを見出す

人間の世の中、いつもいつも喜びに溢《あふ》れて生きていられるわけがありません。むしろ、生きることのむずかしさに悩み、生きることにくたびれ、変わりばえのしない日々を、ただ生きていることの方が多いのではないでしょうか。

修道生活を送っているから、神に仕える日々だから、喜びにいつも満たされているかといえば、そんなことはないのです。仕事で行き詰まって思い悩むことも多く、人間関係がこじれて、生きていることが厭《いや》になるような日がたくさんあります。

こういう暗い時間、重苦しい経験は決して無駄《むだ》ではなく、また無駄にしてはいけないので、このような経験があってはじめて、他人の辛《つら》い日々を少しかもしれないけれども、理解することができるのです。

若かった頃、河野進という牧師さんが、詩を色紙に書いてくださいました。

天の父さま
どんな不幸を吸っても
はく息は感謝でありますように
すべては恵みの呼吸ですから

辛いことも悲しいことも「すべては恵みの呼吸」であって、その中に神の愛が隠されていると信じることこそは、生きる喜びを生み出す一つの秘訣《ひけつ》なのです。聖パウロが、「いつも喜んでいなさい」と言ったのは、神が人間に与えた自由、不幸をも感謝に変えることができる自由を行使して、生きる喜びを見つけて生きなさいということなのです。

アメリカの修道院で経験したことです。リューマチの痛みで眠れない夜もある一人の年老いたシスターは、いつも笑顔で、ご馳走《ちそう》の出た日などは、「私、赤ん坊の時に死ななくてよかった」と嬉しそうに言うのでした。日常の中に、生きる喜びを生み出し、他人も幸せにする一人の人生の達人でした。

辛い経験は決して無駄ではなく、また無駄にしてはいけない

生きていることが厭になるような経験があって、
はじめて見えてくる風景もある。

幸せ

この痛みが少しでもよくなったら

『待秋日記』という本を残してお亡くなりになった一人の方が、死を前にして本の中に、次のように書いておられます。

「もし病気が少しでもよくなったら、これからは自分のことは考えない。人のことを考える。人のためになることなら何でもする」

私も、体の調子が悪くて、思うようにものごとができない時など、これに似た心境になることがあります。この痛みがなくなったら、もう自分のことなど、どうでもいい。他人のために私ができることを優先しようと、殊勝《しゅしょう》に思うのです。そのくせ、痛みが去ると、この決心はどこへやら、また、自分中心に生きてしまいがちなのですが。

「幸せ」という言葉を使わずに、この方は、幸せの本質を的確に表わされたのでした。つまり、幸せとは、自分のことが忘れていられる状態、他人のために存分に働くことができる状態だということです。「幸せとは、報酬《ほうしゅう》のない行為に対する報酬である」と、どこかで読みましたが、まさに、その通りなのです。

平常《へいぜい》は、有ることすら忘れている胃の存在が思い出されるのは、胃の調子が悪い時です。頭痛にしても、歯の痛みにしても、同じことが言えます。それらが、忘れていられるということは、健康であることの証拠なのです。明けても暮れても「自分」のことが気になることほど、不幸せなことはありません。

冒頭の言葉にあるように、今、自分の病気にとらわれている「自分」が、病気から解放されたら、その時は他人のために生きたいと思う。実は、このように、他人の幸せが自分の幸せとして考えられることこそが、真の幸せの内容なのです。

そういえば、キリストはいつも、他人の幸せを願い、そのためにのみ生きて死んだ人でした。

他人の幸せを自分の幸せとして考えられるか

自分のことが忘れていられる状態、
他人のために存分に働くことができる状態。

宝物

病室に残されていた毛糸玉

アメリカにいた時のことです。ある高等学校で生徒たちに、自分の宝物を持って来させ、皆の前で、なぜ、それが宝物なのかを発表させたことがありました。

生徒たちは、思い思いのものを持ち寄り、説明します。誇らし気に「これは高価な宝石なんだ」「外国からの珍しいものなんだ」と言う者もいましたが、「これは、お母さんの形見」と言って、いとおし気に、使い古した櫛《くし》を見せた女子生徒もいました。

宝物にもいろいろあります。誰が見ても、そうだろうと思わせるものもあれば、他人にはわからない、自分だけに価値あるものである場合もあるのです。

修道者になる時、清貧の誓願を立て、自分のものと呼ぶものを持たない私も、一つだけ宝物を持っています。それは、金銭的には全く価値のないものですが、私にとっては、かけがえのない大切なものなのです。

八十七歳で天寿を全《まっと》うした私の母は、亡くなる一、二年前から認知症になり、許されて岡山から見舞いに訪れた時も、娘の私がわからなくなっていました。介護をしていてくださった病院の人の話では、母は、日がな一日、赤い毛糸の玉をころがしては手繰《たぐ》り寄せ、赤い錦紗《きんしゃ》の布をいじって遊んでいるということでした。

見ると、それは紛《まぎ》れもなく、修道院に入る前に私が着ていた赤いセーターの毛糸の残りと、私の羽織の端布《はぎれ》だったのです。悲しみの中《うち》にも、私は慰められて岡山へ戻りました。

その日から約一ヶ月後、母は逝《ゆ》き、臨終に間に合わなかった私は、次の日、お礼かたがた母が過ごした部屋の片付けに行きました。そして、そこに残されていた毛糸玉と錦紗の布、それが、その日以来、私の宝物になったのです。

自分にとって
かけがえのない大切なもの

自分の心をいやしてくれるものは、
他人にはわからない価値がある。

強さ

人間らしく生きる

インドのタゴールという詩人による『ギタンジャリ』という詩集の中に、「ベンガルの祈り」と呼ばれる詩が収められています。

危険から私を守って下さいと
　祈るのではありません。
危険の中にあっても
　恐れることのないようにと祈るのです。

悲しみや心の痛みの最中にある私を
　慰めて下さいとは願っていません。
悲しみから立ち上がる力を下さいと

お願いしているのです。

追いつめられた時にも
崩おれることのないように
世間的な失敗、挫折を繰り返しても
それらが取り返しのつかないものだと
考えることがないように助けて下さい。

私を救いに来て下さいと
祈っているのではありません。
打ち克つ力が欲しいのです。

私の荷を軽くして
楽にして下さらなくてもいいのです。
重荷を担う強さをお与え下さい。

この詩は、「喜びに満ちた日々には、私は頭《こうべ》を低く垂《た》れて、あなたを思い出し、そこに働くあなたの御手に気付くことでしょう。そして、暗く悲しい夜、挫折《ざせつ》に満ちた夜にも、決してあなたを疑うことがありませんように」という一節で終わっています。

何がもたらされるかわからない、新しい一年を始めるに当たって、この祈りは、私たち一人ひとりが、心の中に唱《とな》えてよい祈りではないでしょうか。

試練を遠ざけてほしい、悲しいことに遭いたくないと、誰しもが願い、神社仏閣に初詣《はつもう》でしたり、教会で手を合わせたりして祈ります。それはそれで良いのです。しかし、人間としてこの世に生きてゆく限り、試練は必ずあります。だからこそ、この「ベンガルの祈り」にあるように、試練の前に立ちすくむことなく、それら一つひとつをしっかりと受けとめ、耐え忍び、乗りこえる〝力〟を願い求めることが大切なのでしょう。

神は、私たちの力に余る試練は決してお与えになりません。私自身、今までに何度も、「神さま、私には重すぎます」と、肩の十字架を降ろしたいと思ったことがありました。でもその度に、必要な力をいただき、私は強くなりました。

倒れてもいいのです。それは少しも恥ずかしいことではなく、立ち上がろうとしないことが問題なのです。倒れたおかげで、その痛みを知ることもできるのですから、倒れる度に、何かを摑《つか》んで立ち上がりましょう。それが「人間らしく生きる」ということなのです。

重度の障害のため、体の一部が崩れた一人の青年が語った言葉です。「僕は、普通の姿をしていません。でも人間として生まれたんです。どんなに体が崩れても、人間らしく生きてきました。そして人間らしく死んでいきます。私が人間だったことを思い出してください」。そして、話を聞いている中学生たちに尋ねました。「君たちは、人間の姿をしていますね。髪や顔もかまっています。でも、人間らしく生きていますか」。

これは、今日、私たち一人ひとりが問われていることです。「人間らしく生きる」。それは、どのような条件のもとに置かれていようとも、それらの条件に届することなく、自分の生き方、在り方を決める主体性を失わないということでしょう。

「こんな筈《はず》じゃなかった」と思うことが今まで何度あったことでしょう。人の思いは、神の思いとは異なるのです。新しい一年の間にも、きっと数多くの、「こんな筈じゃなかった」ことに遭遇するに違いありません。その一つひとつに、人間らしく向き合ってゆきたいと願います。

今から五十年ほど前に、国際連合には、名事務総長と言われたダグ・ハマーショルドという人がいました。当時も存在した数多くのむずかしい国際問題を処理した彼は、同時に祈りを大切にした人でした。一九六一年に飛行機事故で不慮《ふりよ》の死を遂《と》げるのですが、その時、携《たずさ》えていた唯一の書物は、トマス・ア・ケンピスの『キリストに倣《なら》いて』だったと言われています。

ハマーショルドは、日誌『道しるべ』の中で、ある年の初めに、こう記しています。

過ぎ去ったものには――ありがとう

来たろうとするものには――よし！

「ベンガルの祈り」の心で生きる時、私たちもハマーショルドのように、すべてに感謝し、すべてをあらかじめ承諾する心の平安をいただくことができるのでしょう。

倒れても、立ち上がろうとすればいい

倒れたおかげで、その痛みがわかる。
そして立ち上がるたびに、人は強くなる。

V・E・フランクルの『死と愛』

この本との出合いがなかったら、私の修道生活の質は多分、今とはずい分と異なったものになっていたと思う。

その本とは、ヴィクトール・E・フランクルの『死と愛』であり、私との出合いは、ボストン・カレッジ大学の図書館で、課題本の一冊として読んでいる間に起きた。当時、私は修道院に入ったばかりであったが、命令でアメリカに派遣されて修練し、さらにその後、学位取得を命ぜられていた。馴《な》れない修道院生活に加えて、容赦《ようしゃ》ない大学院での勉学に縛《しば》られ、苦しみ悩んでいた私に、この本は、自由になる道を指し示してくれた。

フランクルはオーストリアの精神科医であったが、第二次世界大戦中、ナチスに捕《とら》えられ、強制収容所に送られ、人間の極限状況の中に置かれながら、人間の真の自由を守り抜いて、終戦を迎えた人である。『死と愛』の中で言っている。「人間の自由とは、諸条件からの自由ではなく、それら諸条件に対して、自分のあり方を決める自由である」。それは、ナチスも奪えなかった精神の自由であった。

収容所の苛酷《かこく》な条件の中で、生きのびて終戦を迎えられたのは、体が頑健だった人ではなく、いつか戦争は終わるとの希望を持ち続けた人々であった。死なねばならぬとしたら、短くなった分だけ、自分の生命を愛する母親への贈物としたいと考え、母親の苦しみを軽減できるなら、自分は喜んでおのれの苦悩を耐えると、「天と契約を結んだ」人々であった。つまり苦しみにも、死にも意味を与えることができた人々が生きのびて終戦を迎えたのだった。

フランクルはかくて、収容所体験から、ロゴセラピーを生み出した。「人は意味によって生きる」ことを中心に据《す》えたセラピーである。どれほど多くの財産、名誉、権力を持っていても、それらから意味が失われた時、それらは人を生かすものとはならない。反対に、生きるべき「何故」を知っている者は、殆《ほとん》どすべての「いかに」に耐えるものなのだ。

修道院生活の中で無意味としか思えない数々の作業、仕事、人間関係のむずかしさ、理不尽さ、それら一つひとつの中に隠されている神の摂理、意味を見出すことを、この本との出合いは教えてくれた。人間らしく、いつも生き生きと生きること、環境の奴隷でなく、主人として自由に生きること、神と契約を更新し続けるスピリチュアリティへの道と言ってよい。

ウィーンの会議で会った時のフランクル博士の柔和さ、交わした会話が今も忘れられない。「シスターワタナベへ」とローマ字で書き添えて博士は自画像を、その場にあった一枚の紙に描いてくださった。それは、このような苛酷な生活を送った人とは考えられない明るさを表現していた。苦しみに意味を見出した人のみが描けるものだった。

生きるべき「何故」を知る者は、すべての「いかに」に耐えられる

人は苦しみにさえ、意味を見出すことができる。
いつも生き生きと生きる自由がある。

心をこめる

両手でいただく心

「速いことは良いことだ」という考え方、「何でもアリ」といった服装、ぞんざいな言葉づかいの溢れる世の中に生きていて、私は最近、大切なことを忘れていました。そのことに気付かせてくれたのが、次の言葉でした。

「ひとのいのちも、ものも、両手でいただきなさい」

忙しいということを大義名分にして、私は片手で物の受け渡しをするようなぞんざいな生き方をしがちになっていました。自分の立居振舞《たちいふるまい》、あいさつなどをもう少していねいにするよう心掛ける時、それは、自分のいのちも、他人のいのちも大切にする心に育ってゆくのです。

かくて学生たちにも、「相手に物をお渡しする時には、それがたとえ紙一枚であっても、もう一方の手を添えてお渡ししましょうね」と話しています。それが美しくなる秘訣だとも。

この「なんでもないこと」「どうでもいいこと」「得にならないこと」を大切にする時、ひとは美しくなるのです。それは、化粧が作り出す〝きれいさ〟とも、生まれつきの器量の良さとも異なって、面倒さをいとう自分、易《やす》きにつこうとする自分と闘って勝ったひとだけが身につけることを許される〝心の美しさ〟なのです。

相田《あいだ》みつをさんが、「現代版禅問答」と題して書いていらっしゃいます。

「ほとけさまの教えとは
なんですか？」
ゆうびん屋さんが困らない
ようにね　手紙のあて名を
わかりやすく
正確に書くことだよ
「なんだ　そんなあたりまえの
ことですか」

そうだよ　そのあたりまえの
ことを　こころをこめて
実行してゆくことだよ

私が母の大反対を押し切って、半ば反抗的にキリスト教に入信した後、母は、ことあるごとに、「それでも、あなたはクリスチャンなの」と、私の生き方をなじったものでした。

つまり、母にしてみれば、日曜日ごとに教会に行くとか、聖書を読む、読まないことなどは、外面的なクリスチャンのしるしではあっても、〝ほんもの〟ではなかったのです。本当に神さま、仏さまのみ心をお喜ばせすることは、日々の行いとなって表われねばならなかったのでした。優しい笑顔を母に向け、家の手伝いを嫌な顔もせずに行い、隠れて善業《ぜんごう》をする姿こそが、真の信仰者の姿でなければならなかったのです。

六十年前に聞かされた母の呟《つぶや》きは、その当時も身にこたえましたが、今も折りにふれ、私の心によみがえっては、反省を促《うなが》されています。

マザー・テレサの修道会では、多くのシスターたちが炊き出しに従事し、お腹を空《す》かせて行列をしている人々に、パンや温かいスープを配っています。仕事を終えて修道院に戻ってくるシスターたちをねぎらう時、マザーがよく言われたのは、

「スープボウルを手渡す時、相手にほほえみかけましたか。ちょっと手に触れてぬくもりを伝えましたか。短い言葉がけを、忘れはしなかったでしょうね」

つまり、〝両手で差し出す心〟を忘れなかったでしょうねということでした。ロボットのように機械的にしなかったでしょうねという確認でした。

マザーは、こうも言っておられました。

「私たちの仕事は、福祉事業ではありません。私たちにとって大切なのは、群衆ではなくて、一人ひとりの魂なのです」

マザーにとって、貧しい人たちの世話をするということは、「おかわいそうに」という憐《あわ》れみ、施《ほどこ》しではなくて、相手を一人の人間として、その尊厳に対しての当然の行為に他ならなかったのです。

スープボウルを手渡すだけなら、ロボットにでもできます。むしろ効率的な

働きをするかもしれません。しかし、一人ひとりに心をこめて渡す時のぬくもり、優しさ、ほほえみは、人間しか与えることができないものなのです。

二十一世紀になって、世の中はますます機械化し、スピード化しています。コンピュータが正確に活字を打ち出す世の中になりました。では、あの「禅問答」は時代遅れになってしまったのでしょうか。

いいえ、反対にますます必要になっているのです。このような世の中だからこそ、私たちは、いっそう心をこめて一つひとつのものごとを行い、一人ひとりとの出会いを大切に、神さま、仏さまがお喜びになる、〝両手でいただく心〟を培《つちか》ってゆかなければならないのです。

「なんでもないこと」を心をこめて行う

一人ひとりの魂を大切にするために、
ひとのいのちも、ものも、両手でいただく。

成熟

財産となる歳

三十五歳で岡山に赴任してから四十五年経《た》ち、八十歳になりました。いくつかの病気の後も元気になり、ありがたいことに今も大学での講義、その他の仕事をさせていただいています。

老いるということは避けられないことで、その間、使ってきた〝部品〟が傷《いた》むのも当たり前、若かった頃に比べて、できないことが多くなり、他人に頼まなければならない時など、哀しくなります。

最近、一つの言葉が心に響きました。

「私から歳《とし》を取り上げないでください。それは、私の財産なのですから」

この言葉は、歳をとることをマイナス、〝負《ふ》〟の要素と考えがちだった私に、そうでないこと、歳は、とりようによっては〝恵み〟となり、財産となるのだということに気付かせてくれました。

では、財産となるように日々を過ごすとは、どういうことなのでしょう。それは、一つひとつのことを自分らしく処理してゆくことによって、自分の足跡のついた人生を残してゆくことなのでしょう。

私は大学に赴任するまで、教壇に立ったことのない人間でした。その私に与えられたのは、四年生の「道徳教育の研究」、三年英文科の「英語教育法」、そして二年生への「教育原理」と「教育心理」の授業だったのです。

自信のないまま、ただ一生懸命に教えていた赴任当初の私の目に、最後列で私語を続けている二人の学生が映りました。

「二人とも教室から出て行きなさい」

激しい語気でそう言った後、私は自分の体が震え、講義の次の言葉が出せなかったことを、今も覚えています。

私にとって、良い反省の機会でした。「怒らないで叱《しか》ること」の大切さ。一呼吸おいて、自分の感情を静めてから相手と接する自制の大切さを学びました。考えつつ、より良い方を選びつつ生きる時、その連続が「私らしさ」を作り、財産となってゆくのです。他の動物と異なる人格として生きるということは、このようにいつも、自分の感情、欲望、怠《なま》け心などと対峙《たいじ》して、時には闘いながら生きることを求めます。

肉体的成長は終わっていても、人間的成長はいつまでも可能であり、すべきことなのです。その際の成長とは、〝伸びてゆく〟よりも〝熟してゆくこと〟、成熟を意味するのだと言ってもよいかもしれません。

不要な枝葉を剪《き》り落《お》とし、身軽になること、意地や執着《しゅうちゃく》を捨てて、すなおになること、他人の言葉に耳を傾けて謙虚になることなどが「成熟」のたいせつな特徴でしょう。

世の中が決して自分の思い通りにならないこと、人間一人ひとりは異なっていて、お互い同士を受け入れ、許し合うことの必要性も歳を重ねる間に学びます。そして、これらすべての中に働く神の愛に気付き、喜びと祈りと感謝を忘れずに生きることができたとしたら、それは、まぎれもなく「成長」したことになり、財産となる歳をとったことになるのです。

成長も成熟も、痛みを伴います。自分と闘い、自我に死ぬことを求めるからです。一粒の麦と同じく、地に落ちて死んだ時にのみ、そこから新しい生命《いのち》が生まれ、自《みず》らも、その生命の中に生き続けるのです。

「一生の終わりに残るものは、我々が集めたものではなく、我々が与えたものだ」。財産として残る日々を過ごしたいと思います。

上智《じょうち》大学の学長も務め、東京のイグナチオ教会で司祭として八十七年の生涯を終えたホイヴェルス神父が、その著『人生の秋に』の中で、「年をとるすべ」というエッセーに次のような詩を紹介しておられます。

この世の最上のわざは何？
楽しい心で年をとり、
働きたいけれども休み、
しゃべりたいけれども黙り、
失望しそうなときに希望し、
従順に、平静に、おのれの十字架をになう――。
若者が元気いっぱいで神の道をあゆむのを見ても、ねたまず、
人のために働くよりも、けんきょに人の世話になり、

弱って、もはや人のために役だたずとも、親切で柔和であること――。

（中略）

神は最後にいちばんよい仕事を残してくださる。それは祈りだ――。

手は何もできない。けれども最後まで合掌できる。

愛するすべての人のうえに、神の恵みを求めるために――。

すべてをなし終えたら、臨終の床に神の声をきくだろう。

「来よ、わが友よ、われなんじを見捨てじ」と――。

（「最上のわざ」）

〝伸びていく〟よりも〝熟してゆくこと〟

意地や執着を捨てて、すなおになること。
他人の言葉に耳を傾けて謙虚になること。

第4章

人を育てるということ

自制心

大人になるということ

大人になるということで、毎年のように考えさせられるのが、成人式での光景です。式典そっちのけで、他人の迷惑もお構いなしに、自分勝手に振る舞う二十歳の若者たちの姿に、年齢は必ずしも〝大人度〟の指標にならないという事実を見せつけられる思いです。彼らに欠けているもの、それは自制心です。

大人の特徴は数多く挙げられますが、その一つは自制心でしょう。「わかっちゃいるけど、やめられない」という言葉が流行《はや》ったことがありました。それは人間の弱さを表わした言葉であり、理性と自由意志が一致していない人間の不自由な姿を表現したものでした。

私は、二十二歳から修道院に入る時までの七年間、アメリカ人の上司のもとで働きました。給料を貰《もら》いながら、仕事の仕方を覚え、英語も話せるようになりましたが、そこで身につけた一番の宝は、ものごとにプライオリティ、優先順位をつけるということでした。

したいことと、しなければならないことがあったら、どんなに辛《つら》くても後者を選ぶこと。したいことと、してはいけないことがあったとしたら、自分の欲望と闘って、しないこと。このように、自制心を養い、まず、するべきことをするということを、私はこの職場で習ったのです。

仕事には厳しくても、人間そのものに対しては、非常に温かく、忍耐強い上司でした。そして、この人のもとで私は、まず考えること、その後に、ふさわしい行動をとること、そして、自分が選んだ行為、不行為に対しては、潔《いさぎよ》く責任を取ること、つまり、一人格としての行動、大人になることを学びました。

人間として、この世に存在し始めた者が、一人格に育ってゆくこと、これこそは、神の似姿《にすがた》に創られている人間の、神に向かって歩んで行く姿ではないでしょうか。

まず考える、その後に、ふさわしい行動をとる

自分の欲望と闘って、自制心を養うこと。
自分が選んだ行為には、責任を取ること。

思い出

子どもの頃のクリスマス

キリスト教と無縁の家に生まれ、育った私にとって、子どもの頃のクリスマスは、朝、枕許《まくらもと》に父母がプレゼントを置いておいてくれた日としてのみ、記憶に残っています。

父の赴任先の北海道で生まれ、二歳の時に東京へ戻り、翌年は台湾へ、四歳半ばで、ようやく東京に落ち着くことができた私は、幼稚園に行かせてもらっていません。したがって、いわゆるクリスマス遊戯会というようなものも知らずに、小学校に入りました。

その小学校がまた、毎朝、心力歌《しんりよくか》という、お経のようなものを唱《とな》え、四月八日の花祭《はなまつり》には、おしゃか様の像に甘茶《あまちゃ》をかける習《なら》わしのある学校だったので、ここでも、クリスマスの祝いなどありませんでした。したがって、私には、子どもの頃のクリスマスの思い出は、「枕許のプレゼント」に尽きます。

その頃から七十年も経《た》った今の時代、子どもたちにとってのクリスマスは、家の宗旨《しゅうし》が何であろうと、一つの大きなイベントになっています。十一月ともなれば街はクリスマスの飾りつけ、イルミネーションに溢《あふ》れ、キャロルが流れ、人々は、いかにしてクリスマスを過ごそうかと話し合っています。親たちは、子どもたちの欲望に応《こた》え得るプレゼントを探すのに苦労しているように見受けられます。

今の時代に比べると、私の子どもの頃のクリスマスは、もっと静かでした。親たちは、「何が欲しい」とも聞いてくれませんでしたし、私は、寝ている間に、足音をしのばせてそっとプレゼントを置いて立ち去ったであろう親の愛情が、貰ったもの以上に嬉《うれ》しかったように覚えています。

ですから、何を貰っても嬉しかったのです。それを見て満足気な親の姿、そんな思い出しか私にはありません。でも私は幸せでした。

「枕許のプレゼント」だけの、幸せな記憶

静かな中にも親の愛を感じた日。
何を貰っても嬉しかった。

収穫

教育は種を播く仕事

四十年以上、若い人たちの教育に携《たずさ》わってきた私が、まだ駆《か》け出しだった頃、一人の先輩が教えてくださいました。

「教育は種《たね》を播《ま》く仕事だ。収穫は他の人に任せて、ひたすら播き続けなさい」。さらにこうも言われました。「忘れられて喜べる教師になりなさい」。

教壇に立って二十年もした頃でした。一人の四年生が締め切り時間に五分ほど遅れて、レポートを持ってきたことがありました。教務部が受け取りを拒否したので、直接担当教官の私のところに持ってきたのです。この課目を落とすと留年になり、卒業延期になるので、学生も必死でした。

「私も受け取りません」と言う私に、「シスターはクリスチャンのくせに、一頭の迷える羊を見捨てるのですか」と学生は言いました。「いいえ、見捨てはしない。見守っていてあげるから留年しなさい。社会は甘くないことを習ってほしい」。かくて、この学生は留年後、卒業しました。ギターに打ち込んでいた人でした。

二十年経ちました。その人から手紙が来て、今年の四月半ばに東京でギターの公演をするからぜひ聴きにきてほしいと、招待券が同封してありました。「あの時、シスターに叱《しか》られたことを、私は今もありがたく思っています」と、その手紙には書かれていました。

卒業してから二十年、結婚して、夫といっしょにギター教室を開き、ようやくオーケストラと共演できるまでになったのでした。

その日は復活祭でしたが、私は時間を作って会場に行きました。二十年前、涙を流しながら私の前を出て行った人は、その人なりの立派な花を咲かせ、実を結んでいてくれました。私は種子を播くだけ、育ててくださるのは、いつも神さまなのです。

ただひたすらに、種を播き続けるだけでいい

種を播けば育ち、その人なりの花を咲かせ、いつの日か実を結ぶ。

親孝行

核家族化がもたらした不幸

子どもが親を大切にするという、きわめて当然としか思えない「親孝行」という言葉が、今や死語の一つとなりつつあります。

日本が第二次世界大戦で敗《ま》けるまでは、「君に忠に、親に孝に」と、「忠孝」はワンセットで教えられたものです。天皇は国民の親とみなされていたために、家での親不孝は、そのまま、君への不忠と考えられたのです。

戦争に敗けた日本は、「忠」をはじめ、戦前戦中の価値観の多くを否定し、罪悪視さえするようになりました。かくて「孝」という言葉も概念も、日本の道徳の中で軽《かろ》んじられるようになったのです。

一九七〇年代の一小学生の作文です。「僕はお母さんが大好きです。だから一生懸命に勉強して良い学校に入り、良い会社に勤めて沢山お金をもうけたら、飛び切り上等の養老院にお母さんを入れてあげようと思います」。

どこかおかしいと思いながらも、この時代には、まだこんな親孝行の気持ちがありました。二十一世紀の今はどうでしょう。老後を子どもに見てもらおうと考える親の数は減ってゆき、同時に、できることなら、親の老後の世話を自分でしないですませたいと考える子どもの数は増加の一途《いっと》を辿《たど》っています。

少子化、住宅事情等から、二世代、三世代の家族構成は核家族に変わりました。人がひとりでも生活できる文明の利器の発達は、ひとり暮らしを以前より容易にしています。親孝行をしようにもできない状況、または、しなくてもすむ状況を生み出しているのです。

そろばん片手に計算して子どもを「作る」親と子の間に、ぬくもりのある情愛が育つのでしょうか。世の中がどんなに変わっても、「たまもの」としての子どもに注ぐ親の愛と、その親への恩義と情愛を忘れてはいけないのです。

世の中は変わっても、
子どもは「たまもの」

家族の形は変わっても、
親への恩義と情愛を忘れてはいけない。

言葉の力

心を和らげ、心に灯をともす

今から四十年以上前、一人の死刑囚が自分の犯した罪を深く悔いた後に、三十三歳で刑の執行を受けました。名を島秋人《しまあきと》と言い、彼が七年の獄中で詠んだ和歌は、処刑後、『遺愛集』として出版されています。

その中で島秋人はこのようなことを書いています。

「中学時代に受けた教師の、たった一言のほめ言葉が私の心を救い、私の人生を変えた。私のようなおろか者でも七年間という長い年月に、少しは人がみとめてくれる〝うた〟を詠むことができた。ありがたいことです」

島秋人は幼い時から、恵まれない環境の中で、誰からも褒《ほ》められた経験を持つことなく過ごしました。ところがある日、中学で美術の教師から、「お前の絵は決してうまくないが、構図がいい」と褒めてもらったのです。

数々の非行、犯罪を犯した後、捕《とら》えられた獄中でこのことを思い出した彼は、その教師に手紙を書きます。返事に添えられた夫人の短歌に触発されて、自分も短歌を作り始め、それがやがて、歌人・島秋人を生むことになりました。死刑確定の宣告を受けた日の歌です。

極刑と決まりしひと日さびしくて　旧師の古きシャツまとひたり

生涯の中でたった一人、自分を褒めてくれた教師のシャツを着て、その辛い宣告を受け止めた秋人の心が偲《しの》ばれます。

ほめられしひとつのことのうれしかり　いのち愛《いと》しむ夜のおもひに

ちなみに、『遺愛集』の表紙の絵は、この自分を褒めてくれた教師に描いてもらっています。同僚の話によると、この人は、「いろいろ注意を与えても、最後には必ず良いところを褒めた人」だったそうです。

このように、言葉には、人を生かす力も殺す力もあるのです。

長野県のある私立高校は、全国からの退学者を受け入れ、その多くを立派に卒業させることで知られていました。その学校の校長は、自分たち教職員が実行したことの一つは、「生徒たちを〝しか〟で評価せずに、〝なら〟で評価したことだ」と、本の中で語っています。

「あの生徒は足し算しかできない」ではなくて、「足し算ならできるよ」と評価するのです。生徒たちの閉ざされた心を開き、頑《かたく》なな心を和《やわ》らげたのは、この、生徒の〝できること〟、良いところを認めようとした教師たちの言葉づかいに表現された、心の愛でした。

かつて一つの褒め言葉が、死刑囚であった一人の青年の心に深く浸《し》み通り、十数年後に、その青年の心に灯《ひ》をともしたように、生徒たちの中に潜《ひそ》む可能性を信じた教師たちの愛が、これまた、乾き切り、荒れていた子どもたちの心に、オアシスを出現させたのでした。

クリスマスが近づいています。この日誕生を祝うイエス・キリストは、貧しく弱い人、見捨てられた人への愛をもたらした神です。私たちも、いつも以上に、温かい言葉を互いに交わし合う努力をしたいものです。

一言の褒め言葉が、
心を救い、
人生を変える

閉ざされた心を開き、頑なな心を和らげる、
温かい言葉を互いに交わし合う努力を。

当たり前の中の有り難さに気付く

その当時「省線《しょうせん》」と呼ばれていた中央線で通う成蹊《せいけい》に入学したのは、今から七十二年前のこと、軍人だった父が、この小学校を選んだのだとは、後年、母から聞いたことである。

今の吉祥寺《きちじょうじ》とは全く趣《おもむ》きの違う武蔵野《むさしの》の、広々とした校庭、松林の中で、男子二十名、女子十名の腕白《わんぱく》たちは、伸びのびと学び、遊んで六年間を過ごした。

朝の凝念《ぎょうねん》には、その腕白たちも講堂に集まって、鐘の音《ね》とその余韻《よいん》の中で神妙に指を組み、心力歌を歌った後、教室へと入って行く。今思えば、この朝のひと時は、幼い私たちに、「こころ」の存在を気付かせる貴重な時間であった。

雨が降ろうと風が吹こうと、バスに乗ることは許されず、駅から歩いた。子どもの足に二十分はかかったろう。洋服は破れたら、つぎを当てて着る。断食の日は、朝から何も食べずに登校して、午後三時頃におかゆをいただくことで、ふだん当たり前と思っていた食事の有り難さに気付く。畑作業、夏の学校を通して、自然と親しむと同時に、その厳しさを知る。それは一人ひとりの個性を伸ばすと共に、自制する「こころの力」を育ててゆく教育でもあった。

小学校卒業後、数多くの学校に学び、その後ついに四十余年、学校教育にたずさわることとなったが、きょうの私の人格の基礎を作ってくれたのは、成蹊だったと、しみじみ思う。子どもを甘やかさず、その一人ひとりが秘めている可能性を伸ばす教育であった。

今の日本に取り戻したい教育である。

甘やかさず、一人ひとりの「こころ」を育てていく

一人ひとりが秘めている可能性を伸ばす教育を、
今の日本に取り戻したい。

人間の尊さ

消しゴムのカス

もう二十年も前のこと、大学で「道徳教育の研究」を担当していた時のことでした。学期末テストの監督をしていた私は、一人の四年生が席を立ち上がってから、また何か思い直して坐《すわ》る姿に気付きました。九十分テストでしたが、六十分経ったら、書き終えた人は、退席してよいことになっていたのです。

坐り直したこの学生は、やおらティッシュを取り出すと、自分の机の上の消しゴムのカスを集めてティッシュに収め、再び立ち上がって目礼をしてから教室を出て行きました。

私は教壇を降り、その人の答案に書かれた名前を確かめたように覚えています。嬉しかったのです。ちょうどその頃、（今もそうですが）教えている学生たちと、「面倒だから、しよう」という、ちょっとおかしな日本語を合言葉にしていたのですが、この四年生は、それを実行してくれたのでした。

「生きる力を育てる」ということが、教育の世界で叫ばれています。このむずかしい社会を生き抜くために大切なことなのですが、より良く生きる、人間らしく生きる力でなければいけないのではないでしょうか。自分だけがお金をもうけ、権力の座につき、立場を守ろうとする、そのためには、他人はどうなってもいい、嘘《うそ》も平気でつけば、人を欺《あざむ》いても構わないと思っている人たちの姿が多くなっているように思えます。

「お金もうけして何が悪い」「お金で人の心も買える」と、拝金主義をはっきり表明した人たちもいて、このような考えが弱肉強食の社会、格差を拡げる世の中を助長しています。お金が大切であり、必要なものであることは、長い間、管理職にいて、しみじみ経験しています。でも、お金の多寡《たか》が人の心の幸せの尺度であり得ないことも知りました。聖書にある通り、「人はパンだけで生きるのではない」のです。自分自身の弱さを知りながら、情欲に打ち克《か》って、人間らしく、主体性を持って生きる心の充足感で生きるのです。

人には皆、苦労をいとい、面倒なことを避け、自分中心に生きようとする傾向があり、私もその例外ではありません。しかし、人間らしく、より良く生きるということは、このような自然的傾向と闘うことなのです。したくても、してはいけないことはしない、したくなくても、するべきことをする自由の行使こそは、人間の主体性の発現に他なりません。

今からもう二十年近く前になるでしょうか。一少年による連続幼児殺傷事件が起きた時に、子どもたちの中から、「なぜ人は人を殺していけないのですか」という質問が出て、大人がたじろいだことがあります。動植物のいのちを奪って生きている人間が、なぜ他の人間のいのちだけは、奪ってはならないのか。

この問いに対する正解はないでしょう。今、こうしている間にも、死刑が執行され、テロや戦争で、人が人を殺しているのですから。この世の中には矛盾がたくさんあります。

ところで、「人間の尊さ」はどこにあるのでしょうか。私はこの、「なぜ殺してはいけないのか」という疑問を持つこと自体にあると思っています。つまり、人間だけが、「なぜ」という問いを持ち、それについて考え、悩むことができるのです。これこそ神の似姿として創られた一人格の姿であり、大学とは、このような人間の営《いとな》みを訓練し、育ててゆく場なのです。

ノートルダム清心女子大学は、カトリック大学として創設され、存在しています。その建学の精神は、そこにおいて、人間が人間らしく生きることを学ぶことにあります。自分が出した消しゴムのカスを始末して席を立つ学生の育成と言ってもいいでしょう。他の動物に賦与《ふよ》されていない理性と自由意志を、絶えず真、善、美の方向に向けさせ、環境の奴隷でなく、環境の主人となって、幸せに、心豊かに生きる道筋をつける場なのです。

「人は善しか選ばない」と、若い時に習い、奇異な感を抱いたことがありました。でも本当にそうなのです。その人にとって、人のいのちよりも保険金を手に入れることの方が〝善〟と映る時、人は殺人をおかし、自分の身の保全のために、人は平気で嘘をつきます。

教育の重要性がここにあります。カトリック教育の重要性は、神から与えられた理性を錬磨し、自由意志を正しく使って、誘惑に負けることなく、キリストが大切にしたものを〝善〟として選ばせるところにあります。かくて大学は毅然《きぜん》として、その拠《よ》って立つ価値観を提示してゆくべきなのです。それを受け入れるかどうかは、本人の自由です。ただ、自分の魂を汚《けが》すようなことをしないでほしい。

消しゴムのカスをそのままにしておくのも、片付けて席を立つのも、本人の自由です。この大学は、いついかなる時にも、一瞬立ち止まって考え、より人間らしい、より良い選択ができる人たちを育てたいのです。安易に流れやすい自分と絶えず闘い、倒れてもまた起き上がって生きてゆく人を育てたいのです。

自分の弱さに打ち克って、より良く生きる

消しゴムのカスをそのままにしておくのも、
片付けるのも本人の自由。

第5章

神の愛に包まれて

劣等感は傲慢さの裏返し

「謙虚さとは、神のまなざしに映っている自分の姿で生きていること」この言葉が、いつも私をいましめてくれます。人一倍、他人の評価を気にする私が、自分に言い聞かせないといけない自分のあり方だからです。

日本ではとかく、「自分は下手《へた》だ、駄目だ」というように、自分を低く評価することが謙虚さの表われのように考えられがちですが、「いいや、そんなことはない」と、他人が持ち上げてくれるのを待っての言葉だとしたら、それは、真の謙虚さではありません。また、自分の失敗、挫折《ざせつ》の経験をすなおに認めず、言い訳をしたり、劣等感に陥《おちい》るのも謙虚な姿ではありません。劣等感は、実は、傲慢《ごうまん》の裏返しなのです。

私たち一人ひとりは、神の作品なのです。その作品が、自分を〝つまらないもの〟と卑下《ひげ》するということは、作者を侮辱《ぶじょく》することではないでしょうか。

「謙遜《けんそん》は真理なり」という諺《ことわざ》があるように、自分がいただいたものも、いただかなかったものも、率直に認め、感謝し、他人が持っている賜物《たまもの》も正当に評価し、お互いが「よかったね」と言い合って生きる時、それは神への賛美《さんび》となります。

聖母マリアは謙虚な心の持ち主でした。このことは、マグニフィカト（聖母讃歌）によく表われています。聖母は、ご自分が神の母に選ばれたという事実を率直に認めながら、それは偏《ひとえ》に、神の恩寵《おんちょう》によるものだと表明されました。「これから後、いつの世の人も、わたしを幸せなものと呼ぶでしょう。神が、わたしに偉大なわざを行われたからです」。

他人の評価に左右されたり、動揺することなく、神のまなざしに映る自分の姿を高めてゆきたいです。ありのままの自分を受け入れ、愛しながら、謙虚に生きてゆきたいものです。

神のまなざしに映っている
自分の姿のままで生きていく

他人の評価に左右されたり、動揺したりしない。
自分を〝つまらないもの〟と卑下しない。

友情

決して裏切らない人

洗礼を受けて十年近く経《た》った頃でした。一人のフランス人のシスターが、『平和と喜び《ペ・エ・ジョワ》』という小さい本をくださったことがありました。その中に、「この世で、あなたを決して裏切らない友が一人いる。それはイエス・キリストである」と書かれていて、なぜか私の心を打ち、私の修道会に入る決心を固めてくれました。気性の激しい、他人の裏切りが許せない私に、平和と喜びの源としてのキリストに、すべてを賭《か》ける決意を促《うなが》した一つの文章でした。

二十世紀の英国の作家であったＣ・Ｓ・ルイスが、『四つの愛』という本を書いています。人は、エロスの愛で生まれ、愛情を受けて育ち、友情によって支えられ、アガペの愛で救われるというのです。

ルイスによれば、人を支える友情とは、愛の中でも最も自然性の少ないもので、真理を共有する人々の間、または、同じ真理に関心を持つ人々の間に結ばれるものなのです。恋愛におちいっている人々が、互いを見つめ合っているとすれば、友情に結ばれている人々は、相並んで、同じ真理に向かって歩いている人々だ、とも書いています。

キリストは、そのご生涯の間、多くの真理を私たちに語ってくださいました。御父について、聖霊について、罪の赦《ゆる》しについて、神の国について、また、何を大切にして生きたらよいかについても語ってくださいました。そして、今日、私たちに問いかけていらっしゃいます。「あなたは、私と同じ真理に関心を持っていますか」と。それは、とりも直さず、「あなたは、私の友でいてくれますか」という問いかけでもあるのです。

決して裏切ることなく、いつも並んで歩いてくださるキリストの、友情に溢《あふ》れたこの問いかけに、「はい」と答えて、今日も生きてゆきたいと願っています。

友情は、
同じ真理に関心を持つ
人々の間に結ばれる

何を大切にして生きるのか――、
友とは、同じ真理に向かって歩いている人。

ヨハネ・パウロ二世

「死ぬ」という大きな仕事

三浦綾子《みうらあやこ》さんが死の直前に、「私にはまだ一つの仕事が残っています。それは、死ぬという仕事です」と言われたと聞いて、深い感銘《かんめい》を受けたことがあります。

ヨハネ・パウロ二世も、「死ぬ」という大きなお仕事と最後まで取り組んで、それを立派に果たした人と言ってよいでしょう。

教皇に選出された三年後に狙撃《そげき》され、入院された後も、精力的に世界を旅して、諸宗教間の一致に力を尽くし、冷戦の終結をはじめ、数多くの国際的な和解と歩み寄りに貢献されました。二〇〇五年四月八日にバチカンで行われた葬儀ミサに参列した数多くの国家首脳の顔ぶれを見ても、二十六年余にわたる教皇の存在が世界に占めていた大きさがうかがわれました。

過去におかしたカトリック教会のあやまちを率直に認め、謝罪し、自分を狙撃した男を刑務所に訪ねて赦しを与えた教皇は、和解と許しによってもたらされる平和を求め続けた人でした。一九八一年に、日本を訪れた最初の教皇として、原爆の地広島で講演し、「戦争は人間の仕業《しわざ》です」と明言しています。この言葉の裏には、「平和もまた、人間の努力によって不可能ではない」という教皇の信念があったに違いありません。

若者との対話を好み、幼い子どもたちを愛した温顔、柔和な教皇は、十億のカトリック信徒の牧者《ぼくしゃ》として、こと教義においては、現代の風潮に流されない、確固たる信念を持ち、人工的避妊、中絶、女性の司祭職登用等では、妥協を許しませんでした。

大聖年を機にして、また、身体的衰弱の進行を理由に、教皇の引退説が囁《ささや》かれたのも事実です。しかしながら教皇は、最後まで教皇として、その八十四歳の天寿を全《まっと》うされました。それは「死ぬ」という大きな仕事を立派に果たして、神のもとに旅立っていった人の姿でした。

和解と許しによってもたらされる平和を求め続けた人

「平和もまた、人間の努力によって不可能ではない」
数多くの国際的な和解と歩み寄りに貢献された教皇。

心

心に波風が立つ日もある

一人の学生からの手紙にあった質問です。「シスターの心にも、波風の立つ日があるのですか」。私はすぐに返事を書きました。「シスターも人間ですから、毎日のように心が乱されることがあるのですよ。それらを、どう受け止めてゆくかが修行なのでしょうね」。

小さなことに傷つく自分、相手が許せない自分が情けなく思える時もあれば、むずかしい問題に直面して戸惑《とまど》い、悩む時が、修道生活がやがて五十年になろうとする今も、私にはあります。

以前と違ったことといえば、そんな自分を「これが私」として徐々に受け入れることができるようになり、そんな私が好きになれたということでしょうか。何をされても、何が起こっても動揺しない心は、同時に、感動を失った「石の心」かもしれないし、傷つく心は柔らかい「肉の心」、他人の痛みも理解できる心だと思うのです。

「木は、地面の中にしっかり根を張っていることが大切だ。枝や葉は存分に揺れてもいい。枝葉が適当に揺れるからこそ、木は立っていられるのだ」と聞いたことがあります。

ある時、イエスは弟子たちと共に舟に乗り、中で眠っていらっしゃいました。湖に激しい嵐がおこり、舟は揺さぶられ、弟子たちは大いに怖れて、眠っている主を起こし、「助けてください。おぼれそうです」と言います。イエスは起きて、「なぜ怖がるのか。信仰薄い者たちよ」と言いながら、嵐を静めてくださったのでした。

私たちの心が揺さぶられ、乱されている時こそ、実はイエスが身近におられ、眠っておられるかのようで、私たちを助けようとしていてくださるのです。この「動かない根」、主への信頼をしっかり持って、日々遭遇する波風に適当に揺られながら、人生を過ごしてゆきたいと思っています。

心が揺さぶられている時こそ、
イエスは身近におられる

毎日のように心が乱されることはある。
それらを、どう受け止めていくか。

自然と人間

ていねいに自然に向き合う

四月のある朝のことでした。修道院の食堂でコーヒーを飲んでいた私に、大学で英語を教えているアメリカ人のシスターが来て、嬉《うれ》しそうに、こんな話をしてくれました。

「昨日、新入生たちと庭で授業をしたの。前庭に咲いていた雪柳の小さい花の一つひとつを、学生たちの手のひらにのせてやってから、『よく見つめてごらん。こんなに小さな花も、神さまがお作りになったのよ』と言ったら、学生たちが涙を浮かべていた」

幼い時から進学のための塾に通い、稽古事《けいこごと》に追われて、周囲の小さな自然の存在に気をとめることのなかった学生たち、その人たちにとって、この授業は、ていねいに自然と向き合った初めての機会だったのかもしれません。クリスチャンでない学生たちに、このように、さりげなく神の御手《みて》の業《わざ》に気付かせてくれたシスターに、私は心の中で感謝して、自分のコーヒーを飲み終えたのでした。

私も反省しました。仕事に追われて、空を見上げることを忘れ、そこを流れる雲が徐々に形を変えてゆくこと、消えてゆくことなどに気付く心のゆとりも、時間のゆとりもない生活を長い間送っていたからです。

「自然と人間」というと、自然と対立し、自然を征服しようとする人間の思い上がり、そしてその当然の結果としての地球の温暖化等の環境破壊を思い浮かべます。これらのことを反省し、自然との関係を修復することも大切ですが、それに先立って、まず、私たちがちょっと立ち止まって周囲の自然を見つめる心のゆとりを持つことが求められているのです。

その時、私たちは、自然が〝目に見えて示される神の働き〟であることに気付き、人間の謙虚さを取り戻すのではないでしょうか。

立ち止まって、周囲の自然を見つめる心のゆとりを持つ

空を見上げて、流れてゆく雲に目を向けてみよう。
自然と向き合う中で、人は謙虚さを取り戻せる。

聖ヨセフ

砂漠の中にある井戸のように

人は自分の内部に、聖所《せいじょ》と呼ばれる部分を持って生きることが大切だと、私は常々考えています。そこは、他の誰にも、親しい人にさえも、土足のままで踏み入らせない心の部分であって、自分にとっての最後の砦《とりで》のようなところなのです。そこにおいて、神との交わりは深められ、たとえ追い詰められても、そこで自分を立て直して、ふたたび現実に立ち向かってゆけるように思うのです。

聖ヨセフは、この聖所を持った人でした。マリアのいいなずけでしたから、聖母が子どもを宿していることを知って悩みました。ひそかに離縁しようと考えていた時、天使から、マリアを受け入れるように、宿った子は、神の子であることを知らされます。

この後、イエスの誕生の次第、エジプトへの逃避行、迷子になったイエスを神殿に見出《みいだ》した時にイエスから言われた言葉、「なぜ私を捜したのですか。私が自分の父の家にいるのは当たり前でしょう」。これらのことはすべて、ヨセフには不可解なことでした。しかしヨセフは、これらすべてを自分の聖所に納めて、イエスとマリアの忠実な保護者に徹し、表立つことなく、その生涯を全うした人でした。

『星の王子さま』の中に、こんなくだりがあります。砂漠に不時着したパイロットと、自分の星から地球に来た王子は、水を求めて砂漠を歩くのですが、その時、王子が言うのです。「星があんなに美しいのも、目に見えない花が一つあるからなんだよ」。

やがて、月の光に輝く砂漠を見て言うのです。「砂漠は美しいな……砂漠が美しいのは、どこかに井戸をかくしているからだよ」。そして続けて言うのでした。「星でも砂漠でも、その美しいところは、目に見えないのさ」。ヨセフも、目に見えない聖所の持ち主だったのです。

土足のままで踏み入らせない「聖所」をもって生きる

「聖所」とは、たとえ追い詰められても、
自分を立て直せる最後の心の砦。

自分に絶望することがあっても

十数年前になりますが、ある薬の副作用で私は骨粗鬆症《こつそしょうしょう》になり、圧迫骨折に苦しみました。その痛みの激しさは、ちょっと動くのにも脂汗《あぶらあせ》が出るほどで、辛《つら》い日々でした。

しかしながら、私の勇気が本当に試されたのは、病気の後だったのです。それは、背中は丸くなり、背も十センチ以上低くなってしまった自分を見つめる勇気でした。醜《みにく》くなってしまった自分を「これが私」と受け入れ、そんな自分を嫌わずに愛し続けてゆくには、大変な勇気が要《い》りました。

以前ならば、街を歩いていてガラス戸に映る自分の姿を見ることは平気だったのに、それが怖くなったのです。「見たくない自分」を見つめることは、易《やさ》しくありませんでした。

ポール・ティリッヒという人が、『存在への勇気』という本に書いています。「真の勇気とは〝これが私だ〟と肯定できていたものと矛盾する、現実の諸要素にもかかわらず、自分の存在を肯定し続ける倫理的行為である」。自分を自分にしていると思っていた本質的なもの、例えば才能、能力、容姿容貌《ようぼう》が失われた時にも、自分を嫌わず、前向きに生きてゆくことこそが、人間にとって最もむずかしくも尊い勇気、つまり、「存在への勇気」と呼ばれるものなのです。

体育の教師であった星野富弘《ほしのとみひろ》さんが、首から下が動かなくなる怪我《けが》をした時、生きる勇気まで失ったとしても、不思議ではなかったのです。それは、彼の全存在が否定されるような現実だったからです。程度の差こそあれ、私たちも、生きる勇気を失い、自分の存在に絶望を感じる時があります。

そんな時、キリストの優しいみ言葉を思い出しましょう。「私のあなたへの愛は、少しも変わっていない。勇気を出して生きなさい」。

自分を嫌わずに
愛し続けてゆくには
勇気が要る

「見たくない自分」を見つめることは易しくない。
それでも前向きに生きていく、それが最も尊い勇気。

信仰

どちらに転んでも大丈夫

青山俊董《あおやましゅんどう》さんの『禅のまなざし』という本の中に、次のようなエピソードが語られています。

仕事上、病院に出入りを許されている一人の男性がいました。その人は、手のひらに握れるぐらいの小さな石を持っていて、その小石には、ひらがなで「だいじょうぶ」と書かれていました。

男の人は病院に行って、自分の病気が治るかどうかと悩んでいる人、または、これから手術を受けようとする人に、この小石を握らせてやります。すると、患者はとても喜んで握りしめ、「私の病気は治るのですね」「手術はきっと、成功するのですね」と、口々に言います。

これに対して、その男の人が言います。

「これは、あなたの願っている通りになる〝だいじょうぶの小石〟ではありません。どちらに転んでも大丈夫という小石なのですよ」

手術が成功しますようにと祈ることも大切だけれども、「どちらに転んでも大丈夫」という、大きな存在に〝お任せする〟心を持つことが、もっと大切なのだということでしょう。気ばかり焦っても、自分ではどうにもならないことがあるものです。そんな時、大切なのは、肚《はら》を据《す》えてお任せすること、たとえ自分の思う通りにならなくても、神さま仏さまは、決して悪いようにはなさらないと、信じることなのです。

祈ることは、とても良いことだし、必要なことです。でも「苦しい時の神だのみ」という諺があるように、私たちはとかく、自分勝手で、困った時だけ「助けてください。合格させてください。病気を治してください」と祈りがちです。

私たちが〝欲しいもの〟を祈るのに対して、神さまは、〝要るもの〟をくださいます。成功させて欲しいと祈ったにもかかわらず失敗に終わることがあるのは、その時の私にとって、失敗を通して謙虚になることが、むしろ必要だったからなのです。

大正末期の歌人で仏教徒でもあった九条武子《くじょうたけこ》さんの歌に、次のようなものがあります。

いだかれてありとも知らず愚《おろか》にも　われ反抗す大いなるみ手に

人智を超えた大いなる者の手に抱かれつつも、その愛に気付くことの少ない、したがって我意を通すことしか考えていない私にとって、いつも心に留めておきたい歌です。

ニューヨーク大学のリハビリテーション研究所の壁に、南北戦争で負傷した一人の兵士が残した詩が掲げられているといいます。詩のタイトルは「苦しみを味わった人の信仰告白」となっています。

成功をおさめるために力を与えてほしいと神に求めたのに
慎み深く従順であるようにと弱さを授かった。

偉大なことをするために健康を求めたのに
よりよきことができるようにと病気を与えられた。

幸せになろうとして富を求めたのに
賢明であるようにと貧困をたまわった。

世の人々の賞賛を得ようとして権力を求めたのに
神を求めつづけるようにと弱さを授かった。

人生を楽しめるようにとあらゆるものを求めたのに
あらゆることを楽しめるようにと命をたまわった。

求めたものは一つとして与えられなかったが
願いはすべて聞き届けられた。

神のみ心に添わぬ者であるにもかかわらず
言葉に出さなかった祈りはすべてかなえられた。
私はあらゆる人の中で
最も豊かに祝福されたのだ。

ロイ・カンパネーラ
南北戦争　１８６０‐６５

「だいじょうぶの小石」を握りしめないといけない時が、私たちにもあります。「どちらに転んでも大丈夫。神さまのなさることに間違いはないのだから」、と呟《つぶや》きながら。

私たちに与えられるのは〝欲しいもの〟ではなく〝要るもの〟

どちらに転んでも大丈夫。
神さまのなさることに間違いはないのだから。

【人物・用語解説】

眞《ま》山《やま》美《み》保《ほ》（一九二三〜二〇〇六年）——劇作家、演出家。劇団新制作座を主宰。処女作「泥かぶら」で文部大臣奨励賞を受賞。プロレタリア演劇風の作品のほか、劇作家の父・真山青果《せいか》の作品を多数上演した。

ラインホールド・ニーバー（一八九二〜一九七一年）——アメリカの自由主義神学者。社会倫理学者、政治哲学者。キリスト教倫理学を講じると同時に、広範な神学的・政治的活動を繰り広げた。代表作に『道徳的人間と非道徳的社会』。

マザー・テレサ（一九一〇〜一九九七年）——カトリック教会の聖人。「神の愛の宣教者会」の創立者。インドのコルカタに「死を待つ人の家」を開設。世界中の貧しい人々のために活動を続け、一九七九年ノーベル平和賞受賞。

羽仁《はに》もと子《こ》（一八七三〜一九五七年）——日本初の女性ジャーナリスト。キリスト教的自由主義による生活教育を行う自由学園の創立者。夫の吉一《よしかず》と共に、一九〇三年に『家庭之友』（一九〇八年『婦人之友』と改称）を創刊。

マザー・ジュリー（聖ジュリー・ビリアート、一七五一〜一八一六年）——ノートルダム清心女子大学の設立母体になるナミュール・ノートルダム修道女会の創立者。フランス革命後の混乱の中、子女教育の重要性から一八〇四年に教育修道会を創立。

アレキシス・カレル（一八七三〜一九四四年）——フランスの外科医、解剖学者、生物学者。一九一二年、血管縫合および血管と臓器の移植に関する研究でノーベル生理学・医学賞を受賞。著書に、『人間 この未知なるもの』。

平櫛《ひらくし》田中《でんちゅう》（一八七二〜一九七九年）——彫刻家。写実的な作風で、近代日本を代表する彫刻家の一人。代表作は国立劇場にある「鏡獅子」や「烏有先生」「転生」など。一〇七歳で亡くなる直前まで創作を続けた。

ヴィヴィアン・リー（一九一三～一九六七年）――イギリスの女優。一九三九年の『風と共に去りぬ』のスカーレット・オハラ役と、一九五一年の『欲望という名の電車』のブランチ・デュボワ役でアカデミー主演女優賞を受賞。

ポール・ティリッヒ（一八八六～一九六五年）――ドイツ生まれのプロテスタント神学者。ヒトラーが政権掌握後、アメリカに亡命・帰化。二十世紀のキリスト教神学に大きな影響を与えた。ハーヴァード大学などで教授を務めた。

心のともしび――宗教法人カトリック善き牧者の会によるカトリック系布教番組。主に月曜日～土曜日の早朝に五分間、ラジオとテレビ、インターネットで放送。一九五七年から放送開始。

河野《こうの》　進《すすむ》（一九〇四～一九九〇年）――日本基督教団玉島教会名誉牧師。詩人。インド救ライセンター設立の運動、マザー・テレサに協力する「おにぎり運動」などに尽力する。著書に、『河野進詩集』『ぞうきん』など。

エーリッヒ・フロム（一九〇〇～一九八〇年）――ドイツ生まれの精神分析学者。精神分析の中での社会的要因を強調し、新フロイト主義の指導的役割を担った。著書に、『自由からの逃走』『愛するということ』など。

八木《やぎ》重吉《じゅうきち》（一八九八～一九二七年）――詩人。クリスチャンで、英語教師を務める傍ら詩作に励むが、結核で早世。著書に、『秋の瞳』『貧しき信徒』。

高見《たかみ》　順《じゅん》（一九〇七～一九六五年）――小説家、詩人。東大卒業後、プロレタリア作家として活動するが、検挙後転向。著書に、『故旧忘れ得べき』『如何なる星の下に』『高見順日記』『樹木派』など。

アッシジの聖フランシスコ（ジョヴァンニ・ディ・ピエトロ・ディ・ベルナルドーネ、一一八二～一二二六年）――フランシスコ会（フランチェスコ会）の創設者として知られるカトリック修道士。中世イタリアの著名な守護聖人の一人であり、カトリック教会と聖公会で崇敬される。

ジョン・ヘンリー・ニューマン（一八〇一～一八九〇年）——十九世紀イングランドの神学者。イングランド国教会の司祭からカトリックに改宗して枢機卿となった。二〇一〇年に列福。

武者小路実篤《むしゃのこうじさねあつ》（一八八五～一九七六年）——小説家、詩人、劇作家、画家、貴族院勅選議員。白樺派作家として活躍後、階級闘争のない理想郷の実現を目指して「新しき村」を建設。著書に、『友情』『愛と死』など。

柴生田稔《しぼうたみのる》（一九〇四～一九九一年）——歌人、国文学者。『アララギ』に入会し、歌集『入野』で読売文学賞。万葉集などの上代文学の研究者として、斎藤茂吉を支える。著書に、『斎藤茂吉伝』など。

金子《かねこ》**みすゞ**（一九〇三～一九三〇年）——童謡詩人。二六歳で死去するまでに五〇〇余編もの詩を書き、西條八十《さいじょうやそ》から「若き童謡詩人の中の巨星」と賞賛される。代表作に、「私と小鳥と鈴と」「大漁」など。

マキシミリアノ・コルベ（一八九四～一九四一年）——カトリック教会の聖人。一九三〇年に来日し、長崎に聖母の騎士修道院を設立する。アウシュヴィッツ＝ビルケナウ強制収容所で餓死刑に選ばれた男性の身代わりとなる。

ラビンドラナート・タゴール（一八六一～一九四一年）——インドの詩人、小説家、思想家。詩聖としてもさることながら、戯曲、音楽、絵画、哲学などにも秀でる。一九一三年『ギタンジャリ』によってノーベル文学賞を受賞。

ダグ・ハマーショルド（一九〇五～一九六一年）——スウェーデンの外交官。第二代国連事務総長。朝鮮戦争、スエズ戦争、コンゴ動乱等で功績を上げる。一九六一年に北ローデシアで墜落死。ノーベル平和賞を授与される。

ヴィクトール・エミール・フランクル（一九〇五～一九九七年）——オーストリアの精神科医、心理学者。アドラー、フロイトに師事し、実存分析やロゴセラピーと称される独自の理論を展開する。著書に、『夜と霧』『死と愛』など。

相田《あいだ》**みつを**（一九二四～一九九一年）——詩人、書家。平易な詩を独特の書体で書いた作品で知られる。「書の詩人」

「いのちの詩人」とも称される。著書に、『にんげんだもの』『おかげさん』など。

ホイヴェルス神父《しんぷ》（ヘルマン・ホイヴェルス、一八九〇～一九七七年）――イエズス会所属のドイツ人宣教師、哲学者、教育者、作家、劇作家。一九二三年に来日し、一九三七～一九四〇年まで第二代上智大学学長を務めた。

島《しま》　秋《あき》人《と》（本名：中《なか》村《むら》　覚《さとる》、一九三四～一九六七年）――新潟県で強盗殺人事件を起こし、一九六〇年の一審の死刑判決後、刑執行までの七年間、獄中で短歌を詠み続けた歌人。一九六三年に毎日歌壇賞を受賞。

クライブ・ステープルス・ルイス（一八九八～一九六三年）――アイルランド系のイギリスの学者、小説家、中世文化研究者、神学者、信徒伝道者。ケンブリッジ大学教授。著書に、『ナルニア国ものがたり』『キリスト教の精髄』など。

三《み》浦《うら》綾《あや》子《こ》（一九二二～一九九九年）――作家。結核の闘病中に洗礼を受けた後、創作に専念する。度重なる病魔に苦しみながら、人間のあり方を問う多くの作品を残した。著書に、『氷点』『塩狩峠』など。

ヨハネ・パウロ二世（一九二〇～二〇〇五年）――ポーランド出身の第二六四代ローマ教皇（在位：一九七八～二〇〇五年）。「空飛ぶ教皇」と呼ばれ、世界一〇〇ヶ国以上を訪問し、世界平和と戦争反対を呼び掛けた。

星《ほし》野《の》富《とみ》弘《ひろ》（一九四六年～）――詩人、画家。中学校教員として指導中に頸髄を損傷、手足の自由を失う。詩画や随筆の創作を続けながら、「花の詩画展」を開く。著書に、『愛、深き淵より。』など。

青《あお》山《やま》俊《しゅん》董《どう》（一九三三年～）――正法寺住職。愛知専門尼僧堂堂長。参禅指導、講演、執筆など禅の普及に努める。二〇〇六年仏教伝道功労賞を受賞。著書に、『生かされて生かして生きる』『泥があるから、花は咲く』など。

九《く》条《じょう》武《たけ》子《こ》（一八八七～一九二八年）――教育者、歌人。私立京都高等女学校の運営をはじめ、近代仏教婦人会など女子教育振興に努めた。歌人の佐《さ》佐《さ》木《き》信《のぶ》綱《つな》に師事。著書に、『無憂華』『金鈴』など。

著者紹介

渡辺和子（わたなべ　かずこ）

1927年２月、教育総監・渡辺錠太郎の次女として旭川市に生まれる。51年、聖心女子大学を経て、54年、上智大学大学院修了。56年、ノートルダム修道女会に入り、アメリカに派遣されてボストン・カレッジ大学院に学ぶ。74年、岡山県文化賞（学術部門）、79年、山陽新聞賞（教育功労）、岡山県社会福祉協議会より済世賞、86年、ソロプチミスト日本財団より千嘉代子賞、89年、三木記念賞受賞。ノートルダム清心女子大学（岡山）教授を経て、同大学学長、ノートルダム清心学園理事長を務める。2016年、春の叙勲で旭日中綬章を受章。2016年12月30日逝去。

著書に、『置かれた場所で咲きなさい』『面倒だから、しよう』（以上、幻冬舎）、『現代の忘れもの』（日本看護協会出版会）、『目に見えないけれど大切なもの』『「ひと」として大切なこと』『美しい人に』『愛と励ましの言葉366日』『マザー・テレサ　愛と祈りのことば〈翻訳〉』『幸せはあなたの心が決める』『どんな時でも人は笑顔になれる』（以上、ＰＨＰ研究所）ほか多数がある。

本書は、2009年７月にＰＨＰ研究所から発刊された作品を、再編集したものである。
本文の年月、肩書きなどは、特に記載のない限り、単行本時のままとしています。

PHP文庫　幸せのありか

2017年5月12日　第1版第1刷
2017年6月12日　第1版第2刷

著　者　　渡辺和子
発行者　　岡　修平
発行所　　株式会社PHP研究所
東京本部　〒135-8137　江東区豊洲5-6-52
文庫出版部　☎03-3520-9617(編集)
普及一部　☎03-3520-9630(販売)
京都本部　〒601-8411　京都市南区西九条北ノ内町11
PHP INTERFACE　http://www.php.co.jp/
組　版　　株式会社PHPエディターズ・グループ
印刷所
製本所　　図書印刷株式会社

ISBN978-4-569-76573-0

PHPの本

幸せはあなたの心が決める

渡辺和子 著

ミリオンセラー『置かれた場所で咲きなさい』の著者が、思い通りにいかない人生に疲れず、笑顔で生きていく秘訣を身近な体験から語る。

定価 本体一、〇〇〇円(税別)

どんな時でも人は笑顔になれる

渡辺和子 著

人の使命とは、自らが笑顔で幸せに生き、周囲の人々も笑顔にすること——生涯を教育に捧げ、89歳で帰天した著者が最後に遺した書。

定価 本体一、〇〇〇円(税別)